insel taschenbuch 4782

Hanna Reet

Ein Mordsgeschenk für Agathe

Statt einer »Friseurflatrate bis Lebensende« schenkt Familie Christiansen der rätselaffinen Oma Agathe zum 90. Geburtstag etwas ganz Besonderes – einen Kriminalfall. Agathe ahnt davon nichts, als die Familie mit ihr einen Ausflug auf eine kleine Ostseeinsel unternimmt.

In ihrer Pension treffen sie auf einen Gast, der damit prahlt, im Besitz einer Schatzkarte zu sein. Kurz darauf erleidet dieser einen Herzinfarkt, und Agathe riecht sofort Lunte. Sie glaubt nicht an einen Zufall und beginnt zu ermitteln. Familie Christiansen scheint sich entspannt im Strandkorb zurücklehnen zu können. Doch plötzlich überschlagen sich die Ereignisse …

Hanna Reet ist das Pseudonym einer Autorin, die 1979 beinahe auf Hiddensee geboren wurde. Sie studierte Literaturwissenschaften und arbeitet seither als freie Autorin. Für ihre Bücher und Texte erhielt sie mehrere Auszeichnungen. Hanna Reet lebt mit ihrer Familie in Berlin und holt sich sooft es geht eine Prise Wind und Meer an der Ostsee ab.

HANNA REET

Ein Mordsgeschenk für Agathe

Roman

Insel Verlag

Erste Auflage 2020
insel taschenbuch 4872
Originalausgabe

Vertrieb durch den Suhrkamp Taschenbuch Verlag
Umschlag: zero-media.net, München
Umschlagabbildung: Michaela Spatz für FinePic®, München
Satz: Dörlemann Satz, Lemförde
Druck: CPI – Ebner & Spiegel, Ulm
Printed in Germany
ISBN 978-3-458-36482-5

Ein Mordsgeschenk für Agathe

I

Jede Familie hat auf ihre Art Geheimnisse. Die Art der Familie Christiansen bestand darin, Dinge nicht besonders gut voreinander geheim halten zu können. Zwar hatte sich Sonja alle Mühe gegeben, das Klirren der 20-cl-Fläschchen Sekt in ihrer Tasche mit Husten und Räuspern zu übertönen, trotzdem wunderte sich niemand, als sie die *Überraschung* auf dem gelben Planwagen endlich hervorzauberte. Die anderen Familienmitglieder hatten diese Überraschung schon vor vier Stunden im Regionalexpress erwartet. Genau genommen war Sonja keine Christiansen. Sie hatte nur einen von denen, nämlich Hermann Christiansen, vor mittlerweile fast vierzig Jahren geheiratet. Gut gelaunt, wie es ihre naturgegebene Art war, verteilte sie nun die sieben Piccolos. Ihren beiden Enkelkindern drückte sie jeweils eine Capri-Sonne in die Hand. Alle waren erleichtert, dass der Alkohol doch noch herausgerückt wurde. Immerhin war man bereits auf der Insel angekommen und kurz vor dem Ziel. Das Ziel hieß *Pension Sanddornhütte.* Hier sollte Agathe Christiansen, die vor zwei Wochen ein biblisches Alter von 90 Jahren errungen hatte, ihr Geburtstagsgeschenk erhalten oder besser: Hier, im Familienurlaub, sollte ihr Geschenk stattfinden. Die Aufregung darüber versetzte den einen oder anderen Christiansen in eine alberne Stimmung. Sonja war während der Reise ständig ins Kichern geraten, und Hermann hatte mit theatralischen

Gesten eine Familienanekdote nach der anderen zum Besten gegeben. Agathe wirkte derweil etwas verhalten. Argwöhnisch beobachtete sie das merkwürdige Benehmen ihrer Pappenheimer. Sie wusste ja noch nichts von ihrem Glück.

»Auf dich, Schwiegermama, und auf einen schönen Familienurlaub!« Feierlich erhob Sonja den Sekt in Richtung Agathe. Auch die anderen hoben beschwingt ihre Fläschchen und Capri-Sonnen. Dabei hatten sie Mühe, unter dem starken Ruckeln des Pferdewagens nichts zu verschütten. Ja, die Stimmung war heiter an diesem Spätnachmittag im Mai, das Lüftchen lau, der Blick weit. Links des Weges blühte der Ginster gelb. Auf der anderen Seite zirpten und zwitscherten in den Hagebutten- und Sanddornbüschen aufgeregt die Feldlerchen, als ginge es ihnen an den Kragen. Ein Leuchtturm auf einem Hügel weiter hinten knipste das Fernweh an. Agathe prostete in die Runde, bevor sie einen weiteren beeindruckenden Schluck nahm. Sie hielt sich nur zu gern an die Empfehlung ihres Arztes, auf ausreichende Flüssigkeitszufuhr zu achten. Besonders jetzt im sehr fortgeschrittenen Alter war das ihrer Meinung nach überlebenswichtig. Nachdem sie das Fläschchen geleert hatte, lächelte sie ihr mittlerweile ziemlich zahnloses Lächeln und sagte: »Ein einwandfreies Oxymoron.«

»Oxywas?« Die elfjährige Tabea hatte offensichtlich beschlossen, ihrer Uroma die Schummelei beim Kartenspielen auf der Fähre endlich zu verzeihen und wieder mit ihr zu reden.

»Oxymoron«, wiederholte Agathe. »Das ist ein rhetorischer Widerspruch in sich.«

»Versteh nur Bahnhof.« Tabea kratzte an ihrem ersten Mückenstich des Jahres und schaute gedankenverloren zurück auf die Hinterteile der beiden Haflinger, die im gemächlichen Trott den Karren mit den Christiansens über den Sandweg zogen. Agathe ließ es sich nicht nehmen, die Sache genauer zu erläutern: »*Schöner … Familienurlaub* – ist eine Formulierung, bei der sich die Bedeutungen der Worte gegenseitig ausschließen. So was wie ein *stummer Schrei.*« Während ein paar Christiansens grinsten, stotterte Hermann empört: »Also Mutter, das ist jetzt … aber wirklich … wir haben bloß gedacht, dass du …«

»Wir werden es schon alle miteinander aushalten«, unterbrach seine Frau Sonja und klopfte ihrem Mann beruhigend auf den Oberschenkel. Sie war immer wieder erstaunt, wie sich ihr Hermann noch nach 65 Jahren derart schnell von seiner Mutter provozieren ließ. Vier Jahrzehnte lang hatte Hermann mit stoischer Ruhe Bomben entschärft, aber Agathes Sticheleien blieben für ihn hochexplosiv, da entschärfte sich gar nichts. Umso verwunderlicher scheint, dass sich Hermann bereit erklärt hatte, mit seiner Mutter vier ganze Tage lang in den Urlaub, und noch dazu auf eine recht übersichtliche Ostseeinsel, zu fahren. Natürlich hatte er nicht sofort »Juchhe« gerufen. Ganz und gar nicht. Im Gegenteil, fassungslos hatte er seinen Bruder Udo angesehen, als der seinen Vorschlag für das Geburtstagsgeschenk unterbreitete.

»Das mach ich nicht, niemals. Ich fahr doch mit der nicht mehr in den Urlaub, schon seit fünfundfünfzig Jahren nicht.«

Aber erstens war Udos Idee zu speziell, speziell im Sinn

von genial, zweitens war Hermanns Gegenvorschlag, *Friseurflatrate bis Lebensende,* ziemlich uninspiriert, auch ein wenig popelig für einen 90. Geburtstag und somit keine echte Alternative gewesen, und drittens warteten Hermann und Sonja schon seit Monaten auf eine Gelegenheit, um ihre Mallorca-Sache mit der Familie besprechen zu können. Sie hofften, dass sich zwischen Meeresrauschen und Fischbrötchen endlich eine passende Gelegenheit dafür bieten würde.

»Brrrr!« Die Kutscherin lehnte sich mit den Zügeln in der Hand etwas zurück. Die Haflinger schnauften, und der Planwagen kam vor einem reetgedeckten Fachwerkwerkhaus zum Stehen; zweigeschossig mit Spitzdach, strahlend weiß verputzt, von nachtblauen Holzbalken durchzogen. »Sind da«, verkündete sie, womit sie ihre ersten beiden Worte gesprochen hatte. Selbst bei der Abfahrt am Hafen hatte sie den Namen der Pension, wo die Inselrundfahrt enden sollte, nur stumm nickend entgegengenommen. Schwerfällig kletterte sie von ihrer Bank, um den Fahrgästen beim Ausstieg behilflich zu sein. Als Erste griff Annika nach der ausgestreckten Kutscherinnenhand und stieg die vier Treppen am Ende des Planwagens hinab. Sogleich hatte sie eine Zigarette zwischen den Lippen und ließ ein Feuerzeug klicken.

»Ah!« Ein erstickender Schrei ertönte vom Pferdewagen. »Mama!« Schwer röchelnd hielt sich Tabea die Hände an die Gurgel, als bekäme sie keine Luft mehr. »Hilfe!« Gekonnt ließ sie sich an der Kutscherin vorbeifallen und landete auf dem Sandboden. Ihr zwei Jahre jüngerer Bruder Timmy sprang hinterher. Über seine Schwester gebeugt, die kaum noch zu atmen schien, hob er den besorgten Blick und verkündete die traurige Diagnose: »Lungenkrebs!« Annika verdrehte die Augen und drückte die Zigarette an ihrer Schuhsohle aus. Ihre Kinder besaßen zweifellos Talent, übertrieben es nur manchmal mit ihren schauspielerischen Einlagen oder hatten nicht das nötige Gespür für den richtigen Zeitpunkt. Als Nächstes stieg das steinalte Geburtstagskind vom Wagen. Agathe tat dabei hilfsbedürftiger, als sie war. Mit der einen Hand umklammerte sie fest den Unterarm der Kutscherin, mit der anderen stützte sie sich auf deren Schulter ab, um ihr dann ganz vorsichtig, Schritt für Schritt, näher zu kommen. Am Ende lag sie für einen klitzekleinen Moment filmreif ganz in deren Armen. In Wirklichkeit konnte Agathe noch die Spitzengeschwindigkeit eines Wiesels erreichen, je nachdem, worum es ging. Sie schummelte eben gern, ob beim Kartenspielen oder was ihre körperlichen Beschwerden betraf. Von daher war es eigentlich auch kein Wunder, dass sie sich so lange durch's Leben geschummelt hatte.

Anschließend gingen ihre Söhne Hermann und Udo von Bord. Fehlten noch Udos Sohn Frank, Annikas Mann Thomas sowie Sonja. Da die sich für die leeren Sektflaschen verantwortlich fühlte, die unter die Bank gerollt waren, krabbelte sie auf allen vieren über den Wagen, um alle einzusammeln, bevor sie schließlich, wie ein Kapitän, als Letzte das Gefährt verließ. Ihr folgte das Gepäck, das die Kutscherin von oben hinunterreichte.

»Voilà!« Stolz stellte sich Udo, die Hände in die Hüften gestemmt, vor das postkartentaugliche Feriendomizil, als hätte er es soeben eigenhändig erschaffen. Ein Haus mit Geschichte unterm Reet, worüber man in den nächsten Tagen sicherlich noch einiges erfahren würde. Udo hatte im Vorfeld etliche Male mit der Hausherrin telefoniert und dabei den Eindruck gewonnen, dass die nicht unbedingt dem Klischee der maulfaulen Norddeutschen entsprach, im Gegenteil, sie war ziemlich redselig gewesen. Und erfreulich offen für Udos, zugegeben, ungewöhnliches Anliegen. Man hatte sich unkompliziert über das *Geburtstagsgeschenk* verständigt und schnell geeinigt, auch finanziell. Apropos, die Kutscherin musste noch bezahlt werden. Nachdem Hermann dies übernommen hatte, kletterte sie zurück auf ihren Wagen, nahm die Zügel und ließ sie einmal kräftig auf die Rücken der Pferde knallen, dahin, wo bekanntlich das Glück der Erde zu finden sein soll. Mit etwas Verzögerung setzten sich die Haflinger in Bewegung. Die Uhren tickten hier auf der autofreien Insel anders. Das merkte man sofort. Auch man selbst tickte auf irgendeine Weise. Annika, zum Beispiel, befürchtete gleich auszuticken, wenn sie nicht bald dazu kam, irgendwo ungestört eine zu paffen.

»Voll die Märchenbäume«, stellte Timmy beim Blick auf die gedrungenen, verknorpelten Bäume fest, die vor dem Haus standen, wahrscheinlich schon ein paar hundert Jahre oder länger.

»Wirklich wunderschön!« Ungeduldig schob Annika ihre beiden Kinder vor sich her.

»Und alles leicht entflammbar«, moserte Thomas. Es war

klar, dass er sich weniger Sorgen um den Brandschutz als vielmehr um den Zigarettenkonsum seiner Frau machte. Er legte die Hand auf den Rücken seines Schwiegervaters Hermann und schob ihn an sich vorbei. Annika schob ihren Vater gleich weiter durch bis nach vorn. Der wiederum zog seinen Bruder Udo am Hemdärmel vor sich. So schob und zog jeder jeden, bis Familie Christiansen ihrer Meinung nach in der richtigen Reihenfolge stand, um die *Sanddornhütte* zu betreten.

Udo öffnete die Tür. Mit einer Empfangshalle hatte gewiss niemand gerechnet, aber vielleicht mit einem Empfangstresen, einer adrett gekleideten Person an einer Rezeption, die im hellen Blüschen freundlich lächelnd Schlüssel mit klobigen goldenen Anhängern aushändigte, dazu zwei, drei Prospekte des hiesigen Fahrradverleihs und das Inselkinoprogramm. All das gab es nicht. Stattdessen fanden die Christiansens eine Art Hafenkneipe vor, mit einem alten, wurmstichigen Holztresen, an dem ein einziger Gast, ein beleibter Herr, etwas in sich zusammengesunken auf einem Barhocker lungerte. Er schreckte auf, als hätte er gerade ein kleines Nickerchen gemacht, wollte sich aber nichts anmerken lassen. Zum Wachwerden nahm er einen Schluck von dem frisch gezapften Pils, das vor ihm stand. Hinter der Bar standen Flaschen mit Hochprozentigem im Regal. Bojen, Fischernetze, Bootslampen und getrocknete Fischköpfe zierten die Wände. Tabea legte ihren Finger in ein Hechtmaul, das sich an der Wand neben dem Tresen aufsperrte, und befühlte fasziniert die spitzen Zähne. Nach hinten raus blickte man auf eine Holzterrasse und von dort über ein Feld, das am Horizont auf windschiefe Bäume traf. Ein Pärchen saß auf der Terrasse vor zwei Eiskaffees und schien, jeder für sich, in den eigenen Gedanken verheddert.

»Hallo, guten Tag.« Annika wandte sich an den Mann auf dem Barhocker. »Keiner da?«

»Tach!« Der Herr zog in altmodischer Manier seine blaue Prinz-Heinrich-Mütze ab. »Müsste eigentlich einer ...«, er lehnte sich schwer atmend nach links, streckte den Arm aus, um seinen Finger mehrmals auf die Silberklingel fallen zu lassen. Die Zwillinge starrten fasziniert auf das sich wild kräuselnde Brusthaar, das oben aus seinem Fischerhemd hervorquoll. Es sah aus, als hätten ihn die Kollegen vom Shantychor vergessen mitzunehmen, nein, eigentlich wirkte er wie einer, den man absichtlich hier zurückgelassen hatte. Er nahm einen weiteren Schluck Bier und grinste. Damit gab er den Blick auf eine beeindruckende Zahnlücke frei. Der Eckzahn und auch der daneben fehlten. Schwungvoll wurde die Tür neben dem Flaschenregal hinterm Tresen aufgestoßen. Eine adrett gekleidete Dame, üppig in ihrer ganzen Art, betrat die Szenerie.

»Ach, Familie Christiansen!? Da sind Sie. Böhm-Lauterbach. Herzlich willkommen. Haben Sie denn gut hergefunden?«

Tabea fühlte sich berufen, zu antworten. »Also, erst steckten wir mit der Fähre im ewigen Eis fest, dann kam zum Glück der Eisbrecher und dann ...«

»Sind auch noch die Pferde durchgegangen«, probierte sich ihr kleiner Bruder in ähnlich gewitzter Art.

»Genau.« Tabea nickte. »Aber der Helikopter vom ADAC hat uns aus dem Straßengraben …«

»Ja, ja, beruhigt euch mal, Kinder!«, rief Thomas die beiden zur Räson und zog sie etwas zu sich heran.

»Zwei von der ganz lustigen Sorte, was?« Frau Böhm-Lauterbach griff lachend unter die Theke und packte vier Schlüssel obendrauf. »Ich bin die Böhmi.« Sie zeigte auf eine Tür neben dem Tresen. »Da geht's zu den Zimmern. *Sturmflut* und *Anker* befinden sich hier im Erdgeschoss. In der oberen Etage sind *Scholle* und *Leuchtturm.*«

»Cool, ich will *Sturmflut*«, vermeldete Tabea, aber Böhmi hatte sich das anders vorgestellt. »Na, kleine Dame, ich nehme mal an, das Zimmer ist für das Geburtstagskind!? Es ist nämlich das einzige behindertengerechte.« Sie wendete den Blick zu Agathe, hob den Zeigefinger und ließ ihn hin und her wackeln, als hätte die was angestellt. »Ich habe da was munkeln hören von 90? Mein lieber Scholli. Da ähnelt die Geburtstagstorte langsam einem Fackelzug, was?« Anerkennend schob sie die Unterlippe etwas vor. Stolz und bewegt schauten nun alle zu Agathe, als hätte jeder seinen Teil dazu beigetragen, dass ein Familienmitglied ein solches Alter erreicht hatte, ohne sich vorher mit einem Herzinfarkt oder ähnlichen Sperenzien davonzumachen.

»Ich bin nicht behindert«, stellte Agathe unmissverständlich klar.

»Nein, nein«, belustigt über ihren kleinen Fauxpas hielt sich Böhmi die Hand vor den Mund. »So meinte ich das nicht. Ich sehe ja, Sie sind noch ziemlich rüstig!«

»Noch!« Agathe hob die rechte Augenbraue. Darunter funkelte eins ihrer meergrünen Augen, zu denen sehr gut das kurze, weiße Haar passte, das sich in Wellen über ihren Kopf legte. Agathe stellte ihre kleine Handtasche auf einem Barhocker ab.

»Donnerwetter!« Der beleibte Herr daneben stemmte sich von seinem Hocker hoch und streckte Agathe zur Gratulation die Hand entgegen. Sein Handrücken war ebenso stark behaarrt wie seine Brust. »Glückwunsch.« Während er ihre Hand hielt, nutzte er die Gelegenheit, sich vorzustellen. »Klaus Klausen, angenehm. Wohn' oben im *Watt*.«

»Heißen Sie echt so?« Wenn Timmy so skeptisch guckte, sah er seiner Uroma unheimlich ähnlich. Klausen ließ Agathes Hand los und riss entrüstet die Augen auf. Eingeschüchtert wich Timmy einen Schritt zurück.

»Wie soll er denn sonst heißen?« Annika sah ihren neugierigen Sohn vorwurfsvoll an. Sie versuchte es jedenfalls, merkte jedoch selbst, dass das viel zu gekünstelt rüberkam. Improtheater war nicht ihre Stärke. Als Schauspielerin brauchte sie Text, Bühne, Regisseur und die Zeit, sich mit der Rolle auseinanderzusetzen. Natürlich war Annika davon ausgegangen, dass sie die Veranstaltung hier auf einer Arschbacke absitzen und den anderen schauspielerisch etwas voraushaben würde, schließlich war das ihr Beruf, mit dem sie mehr oder weniger Geld verdiente, eher weniger, aber spätestens jetzt merkte sie, welche Herausforderung es werden konnte, die Geschichte so zu inszenieren, dass sie für Agathe möglichst lange glaubhaft blieb.

»Und«, wandte sich Klausen an die Runde, »Urlaub?«

»Ein Geburtstagsgeschenk«, antwortete Hermann. »Für meine Mutter. Wir dachten, wir schenken ihr ein bisschen Zeit mit uns und verreisen gemeinsam übers lange Himmelfahrtwochenende.«

Klausen nickte. »Zum 90., ja, ist schwierig mit Geschenken. Da hat sie ja sicher schon alles.«

»Bloß keine Zeit mehr«, murmelte Agathe, während sie wie beiläufig in ihrer Handtasche nach einem ihrer atemerfrischenden Eukalyptusbonbons kramte.

»Und ein Tablet zum Zocken hat sie auch nicht«, ergänzte Tabea. »Aber das kriegt sie zu Weihnachten«, vermeldete Timmy auskunftsfreudig, woraufhin Tabea die Hand auf seinen Mund presste und ihm kurz die Luft zum Atmen nahm.

»Also«, Sonja sammelte die vier Schlüssel ein, »Zeit ist kostbar, wir sollten sie nutzen. Bringen wir erst mal unsere Siebensachen auf die Zimmer.«

Aufbruchsstimmung. Jeder schnappte sich sein Gepäck. Frank schulterte seinen Wanderrucksack und übernahm zusätzlich den riesigen Rollkoffer seiner Großmutter. Nachdem sich alle durch die Tür in den linken Teil des Hauses gedrängelt hatten, verteilte Sonja die Schlüssel. Annika steckte ihren, an dem ein kleiner Anker baumelte, ins Schloss der ersten Zimmertür. »In einer Stunde? 18 Uhr? Abendessen?«, fragte sie. Normalerweise war sie bemüht, ihren Kindern das Sprechen in ganzen Sätzen beizubringen, aber sie hatte das Gefühl, ihrer Vorbildfunktion erst wieder gerecht werden zu können, wenn sie endlich eine geraucht hatte. Gegen ein frühes Abendessen hatten die anderen nichts einzuwenden. Natürlich nicht. So war's ja abgemacht. Frank schob Agathes Koffer zwei Zimmertüren weiter. Hier stand in schönster Schnörkelhandschrift *Sturmflut* geschrieben. Frank stieß die Tür auf und machte eine Handbewegung, die seiner Oma den Vortritt bot. Obwohl ein breiter Streifen Sonnenlicht auf dem Bett lag wie eine Tagesdecke, löste das Zimmer in Frank Beklemmungen aus. Erschöpft ließ sich Agathe auf der Ecke des Bettes nieder, prüfte leicht federnd die Matratzenhärte und schüttelte verächtlich den Kopf: »Rüstig!«

Frank legte die Hände auf den Rollkoffer und sah sich nach einem Platz um, wo der weniger störte. Er musste einsehen, dass dieses überdimensionierte Ding auf vier Rollen in diesem kleinen Zimmer überall im Weg stand.

»Ach, lass den da stehen, Frankie. Komm, wir trinken einen.« Agathe deutete auf die Flasche Rotwein, die als Willkommensgeschenk zusammen mit zwei Gläsern auf einem kleinen runden Glastisch drapiert war. Frank zögerte. Wenn er jetzt Rotwein trank, war er hinüber. Agathe war es ernst. »Frankie, der Wein da!« Ungeduldig fuchtelte sie mit dem Finger in Richtung Tisch. Und wenn schon, dachte er, ob man hier auf die eine oder auf die andere Weise hinüber war, spielte an diesem Tag wahrscheinlich keine große Rolle mehr. Er drehte den Öffner in den Korken und zog ihn mit einem satten Plopp heraus. Mit zwei befüllten Gläsern setzte er sich zu seiner Großmutter auf die Bettkante. Wenn man neben Agathe saß, hier auf dem Bett oder in der Straßenbahn oder im Theater, käme man im Leben nicht darauf, dass Agathe Haare auf den

Zähnen hatte. Sie verströmte etwas ganz Zartes, Leichtes, beinahe so, als könne man sie einfach wegpusten. Aber wer das herausforderte, der musste sich warm anziehen, denn dann blies Agathe im Sturm zurück. Während Frank über die Widersprüchlichkeiten seiner Großmutter nachdachte, hatte die sich auch schon ein paar Gedanken gemacht.

»Verdächtiger Typ«, bemerkte sie und ließ ihr Glas guten Mutes gegen seines klirren.

Frank gab sich ahnungslos, »wer denn?«, und hoffte, dass Agathe seine kräftig pumpende Halsschlagader nicht bemerkte.

»Klaus Klausen!«

»Ja, merkwürdiger Name.« Frank nickte.

»Frankie. Glaubst du etwa, dass Klaus Klausen Klaus Klausen heißt? Du bist doch nicht blöde!?«

Frank zuckte mit den Schultern. »Das ist mir wurscht, wie der heißt, Omi.«

»Mir ist auch wurscht, wie der heißt«, entgegnete Agathe streng. »Es muss aber einen Grund haben, warum er uns anlügt.«

»Mhm, hat sicherlich nichts mit uns zu tun. Wir kennen den doch gar nicht.«

»Nun, manchmal hat man mehr Freunde, als man befürchtet!« Agathe wurde ungeduldig. »Frankie, jetzt stell dich nicht so an. Du bist Reporter. Da musst du ein Gespür für solche Sachen haben. Da muss was bei dir bimmeln.« Sie zog ihn am Ohrläppchen. Es tat weh. Frank knetete sein Ohr und tat, als würde er ernsthaft in sich hineinhorchen. »Nee, Oma«, er schüttelte den Kopf, »da klingelt bei mir gar nichts. Ich weiß nicht, was du mit *solchen Sachen* meinst.«

Agathe nippte an ihrem Wein, dann fasste sie zusammen: »Mensch, wir kommen da rein, da sitzt einer, wie für uns hingesetzt und heißt auch noch Klaus Klausen. Das ist ein Einheimischer. Das seh ich ohne Brille gegen den Wind.«

»Na ja«, sagte Frank. »Man riecht es eher.«

»Ja, das auch. Riecht faul.« Agathe ließ sich von solcher Korinthenkackerei nicht aufhalten. »Warum bucht sich ein Einheimischer hier ein Zimmer?«, setzte sie ihre Überlegungen laut fort. »Der kann doch bequem zu Fuß nach Hause laufen.« Sie schlug ihren schmalen Handrücken gegen Franks Brust und sah ihn siegessicher an. Frank musste sich dringend etwas einfallen lassen, damit nicht alles aufflog, noch bevor Klausen morgen früh seinen wichtigsten Auftritt hatte.

»Vielleicht wurde er zu Hause rausgeschmissen?«

»Mhm«, überlegte Agathe. Zufrieden sah sie nicht aus. Sie schob ihre Zungenspitze nachdenklich in die Lücke zwischen den Schneidezähnen. »Na, das wäre immerhin eine Möglichkeit«, gab sie zu.

»Du«, Frank stand auf und stellte sein ungeleertes Weinglas auf dem Glastisch ab. Agathe würde sich um den Rest kümmern, wenn sie ihres ausgetrunken hatte. »Ich bring mal meine Sachen aufs Zimmer.« Er fummelte an seinem Rucksack rum, um Agathes skeptischen Blicken nicht standhalten zu müssen.

»Mach das, mein Frankie!« Agathe zog die Füße aus den flachen Schuhen, rutschte auf dem Bett an die Rückenlehne und wackelte zur Entspannung mit den Zehen in ihrer Nylonstrumpfhose.

Neben der Treppe, die ins obere Stockwerk führte, befand sich der Notausgang. Die Tür stand einen kleinen Spalt offen. Tabakrauch zog von draußen herein. Frank stellte seinen Rucksack auf der ersten Treppenstufe ab und steckte seinen Kopf durch die Tür. Annika stand mit verschränkten Armen neben einem blauen Müllcontainer und rauchte. Reflexartig versteckte sie die Kippe und ihr Handy hinter dem Rücken. Als sie ihren Cousin erkannte, nahm sie einen weiteren Zug und inhalierte ihn tief. Das Handy schob sie in die Hosentasche.

»Was für eine Schnapsidee, oder?« Sie pustete den Rauch aus.

Frank nickte. »Total. Agathe ist doch nicht bescheuert. Die hat den Braten schon jetzt fast gerochen. Und Klaus Klausen scheint mir ein bisschen spärlich möbliert im Oberstübchen. Lange geht das nicht gut.«

»Ja, eine ganz ungünstige Kombi.« Annika grinste. »Dabei fand ich die Idee deines Vaters ganz witzig.«

»Ja, ganz witzig«, stimmte Frank zu. Er nahm Annika die Zigarette aus der Hand, um daran zu ziehen. »Wir hätten unseren Eltern vielleicht ein bisschen mehr beratend zur Seite stehen sollen.«

Annika nickte. »Also, hätte ich das Casting übernommen … ich hätte vermutlich nicht Frau Böhm-Lauterbachs Cousin angeheuert.«

»Böhmis«, verbesserte Frank hämisch.

Annika prustete durch die Nase. »*Böhmis* Cousin, der Herr Klausen …« Sie ließ die Zigarette fallen und trat sie aus. »Mal sehen, wie sich der arme Kerl gleich beim Abendessen schlägt.« Frank hob die Kippe auf und warf sie in den Mülleimer. Hier waren so viel Gras und Stroh und allerhand Natur, und geregnet hatte es schon seit Tagen nicht. Er wollte nicht riskieren, dass am Ende die *Sanddornhütte* lichterloh in Flammen stand, nur weil Familie Christiansen hier Urlaub machte. Annika sah über Franks Aktion hinweg, obwohl sie Lust hatte, ihn *Herr Biedermann* zu nennen, wie früher immer bei Kindergeburtstagen. *Oh, Herr Biedermann geht wieder petzen!* In ihrer Hosentasche gab das Handy einen Signalton von sich.

»Ist doch nett«, sagte Frank, »dass wir mal wieder zusammen Urlaub machen. Ist ja schon eine Weile her. Wo war das damals? Ich erinnere mich an einen Fluss und sehe uns im Schlauchboot.«

»Mosel? Isar? Keine Ahnung!« Annika zuckte ahnungslos mit den Schultern und trat durch die Tür zurück in die Pension. »Irgendwo im Süden der Republik. Ich war damals so alt wie Tabea, glaube ich.«

Frank schloss die Tür hinter seiner Cousine und griff nach seinem Rucksack. »Deine Kids sind ganz schön groß geworden.«

»Also bis gleich, zur zweiten Szene.« Lächelnd verschwand Annika im *Anker.*

Während Frank die Treppen ins Obergeschoss stieg, befiel ihn eine leise Ahnung, wie das in Familienurlauben mit Junggesellen und Omas Lieblingen läuft – am Ende sind sie Mädchen für alles und schaffen es auf wundersame Weise, statt allen alles niemandem irgendetwas recht zu machen.

»Weil dieser Wind draußen Gift für deinen Rücken ist«, beantwortete Hermann Agathes Frage nach der Platzwahl. Er zog den Stuhl etwas vom Tisch weg, damit seine Mutter Platz nehmen konnte.

»Wieso? Was stimmt denn nicht mit meinem Rücken?« Agathe sah ihren Ältesten einen Moment fragend an, bevor sie sich setzte und ihren blauen Baumwollrock, der knapp bis über die Knie reichte, glatt strich.

Hermann schwieg und rückte den Stuhl samt Agathe wieder an den Tisch heran.

»Und es ist auch nicht windig«, bemerkte sie, während sie die Papierserviette auseinanderfaltete und auf den Schoß legte.

»Aber es ist sowieso alles besetzt draußen«, behauptete Sonja. Agathe warf einen prüfenden Blick durch die Fenster auf die Terrasse. Sie ließ sich ungern täuschen. Aber jedem, auch ihr, war klar, dass hier niemand um eine weitere Ausrede verlegen sein würde, um trotz des angenehmen, windstillen Wetters und der freien Plätze auf der Terrasse das Abendessen drinnen einzunehmen.

Die Hafenkneipe hatte sich in ein Fischlokal verwandelt. Auf den Tischen standen Teller mit Dorsch, Flunder oder Hering, Petersilienkartoffeln und Gurkensalat. Und Dill! Christiansens ließen es sich schmecken und tauschten sich über die Wettervorhersagen und Reklamationserfahrungen bei Online-Einkäufen aus. Den Dill versuchten fast alle zu ignorieren, nur die Angeheirateten, Thomas und Sonja, hatten kein Problem damit. Nachdem die Bedienung, eine junge tätowierte Dame, die Teller abgeräumt hatte, orderte Hermann mit großer Geste noch eine Runde Sanddornlikör und für seine Enkel jeweils eine Kugel Eis.

»Der tut mir irgendwie leid.« Annika hob den Kopf in Richtung Klausen, der immer noch allein am Tresen hockte. Die meiste Zeit hing sein müder Blick an seinem Bierglas, aber manchmal schielte er über die Schulter zu den Christiansen hinüber.

»Vielleicht will er sich zu uns setzen?«, schlug Thomas vor.

»Nee!« Angewidert schüttelte Tabea den Kopf. »Der ist voll gruselig.«

»Wieso? Der war doch nett vorhin.« Udo stützte sich auf dem Tisch ab und stemmte sich hoch. »Ich frag ihn mal, ob er uns Gesellschaft leisten will.«

»Hä?« Timmy verstand die Welt nicht mehr. »Seit wann interessiert ihr euch für wildfremde Menschen?«

»Na, hör mal«, erboste sich seine Mutter.

»Wo der Junge recht hat.« Agathe kniff ihrem Urenkel beherzt in die Wange. Schmerzerfüllt verzog Timmy das Gesicht.

»'n Abend!« Klausen, der Udos Einladung gefolgt war, ohne sich sonderlich zu zieren, grüßte in die Runde. Thomas hatte inzwischen einen Stuhl vom Nebentisch besorgt und bemühte sich, ihn zwischen Agathe und seiner Tochter in Position zu bringen. »Aua«, schimpfte Tabea, deren Schienbein dabei kurz von zwei Stuhlbeinen eingeklemmt wurde. Agathe beobachtete Thomas' Treiben mit Verwunderung, schließlich war auf der anderen Seite des Tisches viel mehr Platz, aber bevor jemand Einspruch erheben konnte, stand der Stuhl, und Klausen ließ sich unter Stöhnen und Ächzen zwischen Uroma und Urenkelin plumpsen. Sein beißendes Aftershave trieb Tabea Tränen in die Augen. Sie kniff ihre Nasenflügel zusammen, um für alle sichtbar zum Ausdruck zu bringen, was sie vom Geruch des dicken Mannes hielt.

»Und?« Klausen gab einen weiteren Blick auf seine verfärbten Zähne frei. Er erinnerte an ein Tier. Trotz seiner wuchtigen Erscheinung eher an ein kleines, niedliches mit viel Fell. »Erstes Mal hier auf der Insel?«, fragte er.

»Ja.« Hermann nickte.

»Und Sie?« Agathe hatte schneller angebissen als jeder Fisch, der hier dillverziert auf den Tellern lag. Fest schaute sie Klausen in die Augen. Tabea musterte ihn von der anderen Seite.

»Ich?« Klaus Klausen drückte die dicken Finger unsicher gegen die Brust. »Nee, zum zweiten Mal.« Suchend sah er sich um. Er hatte sein Bier auf dem Tresen stehen lassen.

»Und woher kommen Sie?« Agathe versuchte sich in Freundlichkeit. Frank kapierte sofort: *Omi stellt ihm eine Falle.*

»Bestimmt hier irgendwo aus dem Norden, oder!?« Geistesgegenwärtig ging Frank dazwischen, um Klausen auf die richtige Spur zu geleiten. Aber Klaus Klausen war nicht zu geleiten, dafür war er viel zu sehr mit der Frage beschäftigt, wie er wieder zu seinem Bier käme. »Wieso?« Er wollte seinen Stuhl zurückrücken, war aber zwischen Agathe und Tabea hoffnungslos eingekeilt. Gefangen. »Sie sehen so … einheimisch aus«, behauptete Frank. Er spürte die fragenden Blicke der anderen. Über Klausens Herkunft hatte man sich im Vorfeld nicht verständigt.

»Ich? Von hier? Nö«, brummte Klausen.

Frank begann zu schwitzen und fuhr sich mit den Händen durch sein dünnes Haar. »So einer wie Sie, also Sie *müssen* von hier sein«, insistierte er.

»Hört man auch«, sprang Annika ihrem Cousin bei, nachdem sie das Problem erkannt hatte. »Ihr Dialekt und so.«

»Ach so«, mit Betonung auf der letzten Silbe fiel es Klausen endlich auf. »Von hier, meinen Sie. Also ob ich von hier … wegen Norden und Dialekt, also breites Sprechen, nich? Klar, komme von Rügen. Das ist jetzt zwar nicht direkt hier, aber hier sozusagen, vonne Küste. Stimmt schon.« Inzwischen sah er wegen seines unerreichbaren Bieres richtig traurig aus, so dass Hermann Mitleid bekam, sich erbarmte und es ihm holte. Glückselig nahm der eingekeilte Klausen das Glas mit beiden Händen in Empfang und setzte es sofort an seine schwülstigen Lippen.

»Ach«, übernahm nun eine heitere Sonja, »dann machen Sie hier Urlaub?«

»Nein, nein«, Klausen schüttelte den Kopf und rülpste leise. »Das wär ja büschen komisch, nich? Ich meine, ich wohne da«, er zeigte mit dem Daumen nach rechts, »und mach hier Urlaub«, er zeigte nach links. »Nee, bin wegen was anderem hier.«

»Jetzt machen Sie's spannend.« Udo schickte einen bedeutungsvollen Blick durch den Raum und lehnte sich interessiert über den Tisch. Annika, Thomas und Sonja taten es ihm gleich. Ein paar Gäste schauten skeptisch herüber, aber nicht skeptischer als Agathe, die Klausen weiterhin von der Seite musterte. Klausen legte die Unterarme auf den Tisch und beugte sich etwas vor. Sein schlechter Atem wehte über das weiße Tischtuch, als er mit gedämpfter Stimme verriet. »Ich suche einen Schatz!«

Tabea hielt sich die Hand vor den Mund. Ihr Bruder hätte sicherlich auch gelacht, wenn er sich vor Klausen nicht so gegruselt hätte. Der Typ erinnerte an die Bösewichte aus seinen Detektiv-Hörspielen, die in solchen Ferienorten auch immer auf der Suche nach Schätzen waren. Timmy rückte etwas näher an seinen Vater heran. Thomas griff nach Timmys Hand und drückte sie kurz, um zu versichern, dass hier alles in bester Ordnung war.

»Ach, sind Sie so einer, der mit einem Metalldetektor die Strände unsicher macht?«, fragte Annika amüsiert.

»Quatsch. Bin doch kein Durchgeknallter.« Klausen lehnte sich zurück, dass die Stuhllehne bedrohlich knarzte. Und dann fuhr er fort, laut genug, damit es jeder hörte, der es hören wollte oder auch nicht: »Ich besitze sogar eine Schatzkarte!« Übermütig nahm er sich einen Likör von Böhmis Tablett, das diese gerade über dem Tisch kreisen ließ. Am Ende der Runde fehlte einer, und Klausen stellte »seinen« Likör reumütig zurück.

»Du und dein Schatz!« Böhmi legte ihm kumpelhaft die Hand auf den Rücken. »Ich bring dir einen.«

»Schatz?«, fragte Tabea.

»Schnaps!«

Die Runde lachte herzlich. Sehr laut. Aber auch das half nicht, um Agathes Aufmerksamkeit wieder auf sich zu lenken. Die alte Dame hatte begonnen, unter dem Tisch ein Kreuzworträtsel zu lösen.

»Pssssst«, zischte Klausen und zog Spucke durch seine Zahnlücke. »Muss ja nicht jeder wissen, die Sache mit dem Schatz.«

»Ich würde das nicht überall herumerzählen«, meinte Tabea. »Voll der Anfängerfehler. Die beiden da, die gucken schon die ganze Zeit rüber.«

Am Fenster saßen sich zwei Männer gegenüber, die Schwarzbier tranken. Erst als sie die Blicke der Christiansens bemerkten, setzten sie ihre Unterhaltung fort. Einer der beiden hatte eine Glatze und einen Vollbart, der andere hatte keinen Bart, trug die fehlenden Haare aus dem Gesicht dafür als Zopf am Hinterkopf.

»Zeigen Sie uns mal die Schatzkarte?« Timmy hatte offenbar all seinen Mut zusammengenommen und keine Gründe gefunden, Klausen nicht zu glauben.

»Klar.« Klausen trommelte mit den Fingernägeln auf den Tisch und sprach wieder laut und deutlich. »Hab sie oben in meinem Zimmer. Ich wohne hier im ersten Stock, *Watt*-Zimmer.« Grinsen. Zahnlücke. Aftershave.

»Mann, der verarscht dich.« Tabea schüttelte den Kopf, wurde aber bei Klausens finsterem Blick ein wenig unsicher. Und ihre Eltern nahmen die Sache auf eine merkwürdige

Weise ziemlich ernst. Sie wollten ganz genau wissen, um was für einen Schatz es sich handelte.

»Gold«, erwiderte Klausen wie aus der Pistole geschossen. »Ein Teil vom berühmten Wikingerschatz. Ich weiß, wo er ist. Ich muss ihn nur noch mit paar Kumpels holen, also sozusagen ausgraben.«

»Cool.« Timmy staunte, während Klausen sein Bier in einem Zug austrank und sich erhob. »Freunde!«, er klopfte zur Verabschiedung mit der Faust auf den Tisch. »Man sieht sich. Wünsche einen angenehmen Aufenthalt, und dir«, er nahm seine Mütze ab und hielt sie in Timmys Richtung, »zeig ich morgen die Schatzkarte, damit du's glaubst und nicht denkst, ich ...« Klausen ließ den Finger neben seiner Schläfe kreisen und pfiff. Timmy versuchte ein höfliches Lächeln, sah dabei aber aus wie einer, der dringend aufs Klo musste. Agathe saß weiterhin krumm wie ein Sensenblatt und hob den Blick auch nicht, als Klaus Klausen durch die Tür zu den Ferienwohnungen verschwand.

»Habt ihr gesehen, wie ihm die beiden Typen da drüben hinterhergeguckt haben?«, fragte Udo.

»Als würden die sein Märchen von der Schatzkarte glauben, oder?« Sonja legte sich die kühlen Hände an die glühenden Wangen.

»Aber er ist kein Durchgeknallter«, sagte Annika so ironisch, dass Thomas gleich zustimmte: »Aber neiiiiiin«. Polternd fiel ein Kugelschreiber zu Boden. Das Kreuzworträtselheft von Agathes Schoß rutschte hinterher.

»Mama?« Erschrocken griff Hermann über den Tisch nach

Agathes Hand. In ihrem Alter denkt man nicht zwangsläufig zuerst an Müdigkeit. Sie hing zusammengesunken auf ihrem Stuhl und hatte die Augen geschlossen. Geräuschvoll atmete sie durch den leicht geöffneten Mund.

»Hat ja super geklappt«, stellte Annika fest. »Vor Aufregung ist sie eingeschlafen.«

»Und ich dachte, das Böse schläft nie!«, kicherte Sonja.

Dass Agathe daraufhin ihr linkes Auge öffnete und ein böser Blick auf Sonja zielte, bemerkten nur Timmy und Tabea.

II

»Uroma, der Dicke ist tot!« Zitternd und leichenblass standen die Geschwister am nächsten Morgen vor Agathes Tür. Keine Spur mehr von ihrer vorpubertären Überheblichkeit und Abgebrühtheit. Mit aufgerissenen Augen standen sie da. »In echt tot, der von gestern.«

»Tot?« In ihrem blütenweißen Nachtgewand schob Agathe ihre Urenkel auseinander wie einen Theatervorhang. Barfuß steuerte sie auf das *Anker*-Zimmer zu – »Annika!« – und hämmerte mit der Faust gegen die Tür.

»Sind alle beim Frühstück«, sagte Tabea.

»Echt so krass, dass die ihre Brötchen essen, obwohl die da vorhin 'ne Leiche durchgeschoben haben.« Fassungslos über solche Geschmacklosigkeit schüttelte Timmy den Kopf.

Wenigstens seine Uroma interessierte sich mehr für Leichen als für Brötchen. Vor allem für die Leiche von Klausen, denn so viel war Agathe klar: Die ganze Sache stank zum Himmel. Agathes Intuition in kriminalistischen Angelegenheiten war für gewöhnlich untrüglich. Im Fall Klausen konnte man auf Intuition sogar verzichten, hier reichte allemal Logik. Dass sein Ableben innerhalb von weniger als 24 Stunden, nachdem er einen gut gefüllten Gastraum von der Existenz seiner Schatzkarte in Kenntnis gesetzt hatte, kein Zufall sein dürfte, musste jedem klar sein, der das Einmaleins beherrschte. Agathe wischte sich mit dem Zeigefinger Schweiß von der Oberlippe. Ihr Herz schlug ein paar Takte außer der Reihe. Die Rechnung der Christiansens war aufgegangen: Je toter der Klausen, desto lebendiger ihre Agathe.

Nachdem sich Agathe hastig angezogen hatte, eilte sie in den Frühstücksraum, wo ihre Familie und einige andere Pensionsgäste zwischen hart gekochten Eiern, Brötchen und Matjes hin und her griffen. Ein wenig irritiert von der friedlichen Frühstücksstimmung ließ Agathe den Blick über die Tische wandern.

»Gut genächtigt, Mama?« Udo wischte sich mit einer Serviette den Mund ab.

»Bestens«, gab sich Agathe einsilbig und setzte sich. Sie griff in den Brotkorb und erwischte ein Mohnbrötchen, in das sie ihr Messer schob, vor und zurück, bis es sich in zwei Hälften auseinanderklappen ließ. Kerzengerade saß sie, in jeder Hand eine Brötchenhälfte und guckte von einem zum anderen. Die Augen der Familienmitglieder blieben auf Eier, Mortadella und Räucherfisch gerichtet. Sie schienen hungrig zu sein. Für Agathes Geschmack zu hungrig.

»Habe nichts von dem Rummel um Herrn Klausen mitbekommen«, tastete sich Agathe an die merkwürdigen Vorkommnisse in der Pension heran.

»O ja, der Klausen ist gestorben.« Annika legte das Messer auf dem Tisch ab. Die anderen hörten auf zu kauen und bemühten sich um einen betretenen Gesichtsausdruck.

»Herzinfarkt?«, erkundigte sich Agathe.

»Mhm«, brummte Udo und köpfte ein Ei. Hermann goss Agathe Kaffee ein. Davon hatte sie morgens gern eine exorbitante Menge, auch wenn der in Verbindung mit Aufregung bei ihr erfahrungsgemäß zu Sodbrennen führte.

»Ach, kommt, ihr Lieben.« Keine Sekunde länger hielt Agathe das Schauspiel aus. »Herzinfarkt!?« Sie zog fragend den Kopf zurück, so dass ihr Hals völlig zerknittert aussah. »Gestern Abend erzählt der uns von einem – äh Schatz – und heute hat er einen Herzinfarkt? Das könnt ihr eurer Großmutter erzählen, also einer anderen, nicht mir. Frank!« Sie ließ von den Brötchenhälften ab, schnappte sich das Messer und hielt es drohend in die Richtung ihres Enkels. »Ich habe dir gestern schon gesagt, dass mit dem was nicht stimmt.«

»Aber Agathe!« Hermann sah sie verwundert an. »Du hast wohl nicht diesen Unfug mit dem Schatz geglaubt?!«

»Natürlich nicht.« Beinahe angewidert von so wenig Zutrauen schaute Agathe ihren Ältesten an. »Ich nicht. Aber es gibt ja genügend Einfaltspinsel …«

»Ja.« Sonja erlaubte sich den Scherz, die ausgehöhlte Eierschale verkehrt herum auf den Eierbecher zu setzen, damit jemand draufschlug. Feixend schob sie die Attrappe in die Tischmitte, während sie behauptete: »Ich hatte auch so ein seltsames Gefühl, dass da was nicht stimmte. Komischer Kauz. Und ein paar Gäste gestern Abend hatten ziemlich lange Ohren …«

»Kann euch sagen, was mit dem nicht stimmte«, unterbrach Thomas kauend. »Der hatte Übergewicht, ein Alkoholproblem und ganz sicher Diabetes.«

»Stimmt.« Annika biss in ihr Salamibrötchen. »Hält kein Herz auf Dauer aus.«

»Hat ihn denn überhaupt einer von euch gesehen?« Agathe zog mit dem Messer nun einen Halbkreis über den Tisch. »Also tot?«

Die Christiansens guckten in die Runde, bis Sonja einfiel: »Du Udo, oder?«

»Ja, ich«, versicherte Udo sofort. »War heute schon ganz früh hier unten, um Zeitung zu lesen, da wurde es plötzlich ziemlich wuselig, Notarzt und so.«

»Du hast ihn richtig tot gesehen?« Mit Ungenauigkeiten konnte Agathe jetzt nichts anfangen. Timmy und Tabea wurden derweil noch blasser um die Nasenspitzen. Udo bejahte.

»Sein Gesicht?«

Udo nickte wieder. »Sah unschön aus.«

»Unschön wie?«, hakte Agathe nach. »Wie Herzinfarkt unschön oder unschön wie Gewalteinwirkung?«

»Na, tot halt. Komische Farbe. Sah eigentlich ziemlich heile aus.« Udo zuckte mit den Schultern. »Du, ich hab da nicht so genau hingeguckt und auch keine – also Erfahrungen mit so was. Zerbeult sah er nicht aus. Eben einfach wie Herzinfarkt.«

Agathe legte das Messer ab und wickelte ein kleines Butterpäckchen aus. »Der muss obduziert werden«, sagte sie und nickte, als hätte jemand anderes die Obduktion vorgeschlagen und nicht sie selbst. »Unbedingt. Wenn der sich auf natürlichem Wege verabschiedet hat, fress ich 'n Kehricht.«

»Einen was?«, fragte Tabea.

»Einen Besen«, erklärte Annika.

»Was, der Dicke wurde ermordet?« Nun verlor Timmy die Fassung. Verzweifelt schlug er die Hände vors Gesicht und begann zu schluchzen.

»Ach Mensch, Oma, echt! Muss das sein.« Annika presste ihren flennenden Sohn an die Brust. Dabei war der Tote nun wahrlich nicht Agathe vorzuwerfen. Thomas legte die Hand auf Timmys Kopf: »Ist nicht so schlimm, Sternchen.«

»Nicht so schlimm?«, fragte Tabea entsetzt. »Ich will dich mal sehen, wenn ich ermordet werde.«

»Es ist doch überhaupt keiner ermordet worden«, stellte Udo klar. »Herr Klausen hatte einen Herzinfarkt. Mama, trink jetzt mal deinen Kaffee.« Er schob ihr ein kleines, mit orangefarbenem Gelee gefülltes Glasschälchen entgegen. »Und hier ist Marmelade. Sanddorn. Probier mal.«

»Nein, danke!« Eingeschnappt schob Agathe das Schälchen wieder zurück und verschränkte die Arme.

Nachdem sich Udo, Hermann und Sonja am Ende des illustren Frühstücks für eine Radtour und Annikas Familie für einen Strandausflug ausgesprochen hatten, griff Agathe unter Franks Kinn, zog ihn etwas zu sich heran und sagte: »Dann bleibst du übrig, mein Lieber, und bist dazu verdammt, mir Gesellschaft zu leisten.«

Bis hierher lief für Familie Christiansen alles nach Plan. Klausen war »abtransportiert«, Agathe hatte angebissen, Frank *kümmerte* sich um seine Großmutter, und die anderen konnten ihre Freizeit genießen.

»Nehmen Sie sich drei von denen.« Herr Nöhring vom Fahrradverleih schlug auf den breiten Sattel eines älteren Damenrades. Sonja hatte mit einem Tandem geliebäugelt, aber da hatte Hermann sie enttäuschen müssen. Unter keinen Umständen wollte er sich zu so einer Albernheit hinreißen lassen. Jedenfalls nicht hier und jetzt. Vielleicht später auf Mallorca, aber dazu musste ihm erst mal die Sonne eine Zeit lang ordentlich auf den Kopf geschienen haben.

»Nur drei Gänge?« Udo versuchte auf seine Art, den Preis zu drücken. Der Verleiher ließ sich nicht verunsichern. »Brauchst hier eigentlich nur zwei«, erklärte er. »Einen für Rücken- und einen für Gegenwind.«

Kurz darauf bestiegen drei Christiansens ihre Fahrräder und traten schwerfällig in die Pedale. Nach einigen Metern kamen sie in Schwung, und nach weniger als fünf Minuten waren sie der festen Überzeugung, im Leben nie eine bessere Entscheidung getroffen zu haben, als an diesem Tag mit diesen Rädern diese Insel zu erkunden. Auf der Boddenseite fuhren sie zuerst gen Süden; Hermann vorweg. Ab und an ließ Sonja ihrer Begeisterung freien Lauf und brüllte: »Diese Ruhe! Wie herrlich!?« Manchmal wurde sie auch etwas philosophischer: »Dieser Weitblick! Merkt ihr auch, wie dankbar eure Augen sind, dass sie mal so weit gucken dürfen, wie sie wollen?«

»Wie sie können«, verbesserte Hermann, dessen Dioptrinwerte in den letzten Jahren drastisch gesunken waren. Udo ließ sich von der Freude seiner Schwägerin anstecken und flippte beinahe aus, als er die ersten Schafe hinter Wacholdersträuchern entdeckte. Auf den folgenden etwa 300 Metern rief er mehrmals »Stopp!«, hielt an und fotografierte ein Schaf mit Wacholderbusch. Bei Hermann löste das Verhalten seines Bruders gemischte Gefühle aus. Einerseits hatte er natürlich nichts dagegen, dass sich dieser an Schafen und Büschen erfreute, andererseits stellte er sich vor, wie Udo die Fotos zu Hause anschaute und ganz allein mit seinen Erinnerungen an die Schafe und Büsche blieb. Udo war seit fast zwei Jahren Witwer.

Rosa Kartoffelrosen, gelber Ginster und roter Klatschmohn am Wegrand betupften die meerblaue und grasgrüne Landschaft. Es roch nach Pferdeäpfeln und Brackwasser. Nur ein leichter Wind wehte von der Wiese und schien heute niemanden aufhalten zu wollen. Nachdem die drei Christiansens den nächsten kleinen Ort im Zickzack um Himmelfahrttouristen durchquert hatten, gelangten sie auf einen Weg, der sie durch ein kleines Stück Wald führte, bevor sie den nächsten Ort erreichten. Der bestand aus einem kleinen Hafen, zwei Lokalen und ein paar weiß gestrichenen Häusern, die zaunlos auf der

Wiese standen wie hingeworfene Knallerbsen. Der Inselprospekt wies ein Fischereimuseum aus. Morgen war aber auch noch ein Tag, und so wie die drei das nach der etwa einstündigen Fahrradtour, die sie schon fast bis ans Ende der Insel geführt hatte, einschätzten, sollte man hier mit dem Aufsuchen von Touristenattraktionen sparsam umgehen, wenn man mehr als einen Tag »etwas zu tun haben wollte«, wie sich Sonja ausdrückte. Jetzt war erst mal ein Päuschen am Hafen angesagt mit einer kleinen hopfigen Erfrischung. Die nutzten Christiansens, um sich gegenseitig zu versichern, welch fantastische Idee dieses als Familienurlaub getarnte Geburtstagsgeschenk gewesen sei, schließlich habe jeder was davon und Agathe in den kommenden Tagen hoffentlich viel Freude mit den gelegten Spuren. Nach der Pause fuhren sie von Süd zurück nach Nord und wechselten im mittleren Teil der Insel von der Bodden- auf die Meerseite. Zeitgleich ließen sie ihre Gangschaltungen klicken. Im Leichter-Gegenwind-Gang strampelten sie durch die Wiesenlandschaft. Die brummenden Hummeln, zirpenden Grillen und rauschenden Ostseewellen gaben alles, um die Touristen zu betören. Sie machten ihre Sache gut, sogar sehr gut. Wenn aus Mallorca nichts würde, dachte Hermann übermütig, wäre das hier vielleicht eine Alternative. Sein Bruder hingegen dachte nicht über Inseln nach, sondern an Brigitte, wie eigentlich fast immer, wenn sie nicht bei ihm war. Er hatte sich etwas zurückfallen lassen, um sich ungestört vorzustellen, wie er mit seinen Fotos später bei Brigitte ein bisschen Eindruck schinden und sie vielleicht überreden konnte, mit ihm hierherzukommen. Wie gerne würde er mal ein Wochenende mit ihr verreisen! Seit Jahren zierte sie sich. Früher begründete sie ihr distanziertes Verhalten mit seiner Frau, aber die war nun schon seit zwei Jahren tot. Seitdem Udo aufgehört hatte, Brigittes mehrdeutiges Verhalten verstehen zu wollen, ging es ihm besser, blutdruckmäßig auf jeden Fall. Er war inzwischen sogar schon so weit, dass er einfach für sich und für sie entschied, man sei in einer Beziehung, auch wenn die nicht dem klassischen Bild mit zum Beispiel gemeinsamen Wochenendreisen entsprach. Udo hatte sich vorgenommen, die anderen Familienmitglieder über seinen neuen Beziehungsstatus einzuweihen. Er ahnte, dass es schwierig würde. In sicherem Abstand radelte er hinter seinem Bruder und dessen Frau und hatte nun gerade den Entschluss gefasst, die nächste Pinkelpause zu nutzen, um Klarschiff zu machen, als Hermann plötzlich bremste. Er hielt vor einem kleinen Kiosk und stieg vom Rad. Sonja und Udo stoppten ebenfalls – und erkannten ihn auch! Klaus Klausen! Breitbeinig, den Bauch zwischen die Oberschenkel geklemmt, saß er an dem einzigen Tisch auf einer rot gestrichenen Bank, vor sich ein Hefeweizen. Er hielt das Gesicht mit geschlossenen Augen in die Sonne. Unter freiem Himmel wirkte er deutlich weniger deprimiert und deprimierend als im schummrigen Licht am Tresen der Pension. Er sah sogar ziemlich vergnügt aus. Zu vergnügt und zu lebendig für den Geschmack der drei Radfahrer.

»Hallo.« Sonja stützte sich zum Verschnaufen mit den Unterarmen auf den Fahrradlenker. Klausen öffnete die Augen und blinzelte in die Sonne.

»So tot sehen Sie gar nicht aus«, scherzte Sonja.

Klausen schien einen Moment zu brauchen, um seine Auftraggeber zu erkennen, bevor er zur Begrüßung seinen Hut zog. »Tachchen!«

»Meine Mutter ist nicht mehr so gut zu Rad«, ließ Hermann ihn unumwunden wissen.

»Hapert manchmal mit dem Gleichgewicht.« Zur besseren Anschaulichkeit der Schwierigkeit wackelte Udo mit der Hand hin und her. Auch Sonja hatte das Problem erkannt, das sich ihnen hier stellte. »Aber zu Fuß«, sagte sie, »da ist sie auf Zack, da kann man ihr überall begegnen. Ist von hier ja nicht mehr weit bis zur *Sanddornhütte.*«

»Aha.« Klausen nahm einen Schluck und sah einer monströsen Hummel hinterher, die sich schwerfällig in die Höhe brummte.

»Na ja«, musste Sonja ihr Anliegen offenbar genauer erläutern, weil ihre Männer keine weiteren Anstalten machten. »Wenn Agathe Ihnen hier irgendwo begegnet, ist die ganze Sache etwas witzlos.«

»Jo«, stimmte sogar Klausen zu.

Udo bemühte sich: »Vielleicht können Sie so zwei, drei Tage eher nicht so ...«

»Was?«, platzte Klausen dazwischen und ließ die Hand auf den Tisch donnern.

»Hier draußen so frei herumspazieren?«, beendete Sonja ganz unverblümt. »Die Insel ist klein, und man kann sich überall über den Weg laufen.«

»Ja, dann bleiben Sie doch mit ihrer Omma zu Hause!« Freundlich, aber bestimmt stellte Klausen sein Bierglas ab.

Udo, Hermann und Sonja erstarrten. Hatten sie sich verhört? Hermann gab sich einen Ruck, wofür er nachher bestimmt mit den typischen Hautirritationen bezahlte, wie immer, wenn er zu viel Adrenalin freisetzte. »Wir sind hier, also wegen Urlaub, und wir kennen die Insel ja nicht und das Wetter soll gut werden und …«

»Aber ich soll mich einschließen?!«, unterbrach Klausen ihn barsch.

»Wir haben eine Abmachung …«

»Ja, dass ich da rumsitze, wenn Sie ankommen, der Omma abends was von einer Schatzkarte erzähle und morgens verschwunden bin. Von was anderem war nicht die Rede.«

»Doch, dass Sie tot sein sollen.« Sonja pustete gegen ihren Pony, aber der blieb davon unbewegt an der Stirn kleben.

»Soll ich mich jetzt auch noch verbuddeln lassen?« Klausen zog seine Augenbrauen Richtung Nasenwurzel.

»Natürlich nicht gleich verbuddeln.« Sonja schüttelte den Kopf. »Aber zum Totsein gehört nun mal, dass man sich etwas zurückhält mit seiner … Lebendigkeit, hier so überall.«

»Aha?!«, schnaubte Klausen und griff nach seinen Zigaretten. »Wissen Sie was?« Er zog eine Zigarette heraus und klemmte sie zwischen die Lippen. Dennoch war er deutlich zu verstehen, als er weitersprach: »Wenn Sie 150 Euro drauflegen, können wir über meine Lebendigkeit reden.«

»150?« Hermann kniff fragend die Augen etwas zusammen und kratzte sich am Nacken, wo sich tatsächlich ein erster roter Fleck zeigte. Tausenden von unberechenbaren Zündern hatte er Auge in Auge gegenübergestanden, jahrzehntelang unbeirrt Bomben entschärft, und nun flatterten seine Nerven bei einem Laienerpresser?

»Nee, 250«, antwortete dieser nach kurzer Überlegung ganz und gar nicht laienhaft. Aus Angst, mit weiteren Nachfragen den Preis noch weiter in die Höhe zu treiben, hielten sich die drei zurück. Nach ein paar tiefen Atemzügen sagte Hermann: »Ich weiß nicht, ob ich dazu bereit bin. 250 Euro sind eine Stange Geld, dafür bekommt man einen Hin- und Rückflug nach Mallorca. Für zwei!«

»Das müssen wir mit unseren Kindern besprechen«, sagte Sonja und gab sich Mühe, einen möglichst neutralen Ton zu treffen.

»Machen Sie das«, Klausen zog genüsslich an seiner Zigarette. »Wenn die einverstanden sind, morgen, gleiche Uhrzeit, gleicher Ort und 250 Euro in Scheinen.«

Sonja schüttelte den Kopf, um ihm zu zeigen, was sie von seinem rüden Verhalten hielt. Wortlos stiegen die Christiansens wieder auf ihre Räder und traten ungeachtet aller Windverhältnisse und eingelegter Gänge kräftig in die Pedale. Verstummt rasten sie weiter gen Norden.

Zwar hatte Frank damals, als man die Aufgaben im Kriminalfall für Agathe verteilt hatte, so getan, als würde er sich erbarmen. In Wirklichkeit kam es ihm gelegen, dass man ihn dafür auserkor, seiner Oma bei ihren Ermittlungen beiseitezustehen. Er war einigermaßen froh, dass er mit ihr um die Häuser beziehungsweise über die Insel ziehen sollte, statt sich mit den anderen Familienmitgliedern herumzuschlagen. Das lag gar nicht so sehr an den anderen, vielmehr an dem Prinzip Gruppenaktion. Dabei zeigten sich seiner Meinung nach im Schutz der Mannschaft hauptsächlich die schlechten Seiten eines Menschen: Egoismus, Narzissmus, Feigheit, Selbstüberschätzung; während oft die guten Charakterzüge in Zweierkombinationen zur Entfaltung kamen: Verlässlichkeit, Mut und Kompromissbereitschaft. Agathe riss Frank aus seinen Gedanken, als sie kräftig an seinem Hemdärmel zog. Sie hob etwas den Kopf und ließ die Augen zur Zimmerdecke wandern. Im oberen Stockwerk donnerte ein Staubsauger ungehemmt gegen Möbelstücke und Wände.

»Die beseitigt Spuren«, schimpfte sie, warf ihr Kartenblatt auf den Tisch und marschierte aufgebracht los. Frank atmete tief ein, bevor er sprichwörtlich ihre Verfolgung aufnahm. Ein bisschen enttäuscht über Agathes Einfältigkeit war er schon. Die Tür zum *Watt*-Zimmer stand einen Spalt offen. Ohne zu klopfen, stieß Agathe die Tür auf, so dass Böhmi einen kleinen Hüpfer rückwärts machte und eine Hand auf die Brust legte. Bevor sie den Staubsauger ausstellen konnte, hatte Agathe bereits den Stecker gezogen. »Ist das nicht Herrn Klausens Zimmer?«, erkundigte sie sich.

»Ja.« Böhmi bückte sich nach dem Stecker. Sie machte ihre Sache nicht schlecht. Hollywood würde in absehbarer Zeit zwar nicht anrufen, aber für einen deutschen Fernsehfilm reichte ihr Talent bestimmt. Geistesgegenwärtig stellte Agathe ihren Fuß auf das Kabel, damit Böhmi keine weiteren Dummheiten machte. »Mein Fernsehgerät müsste eingestellt werden«, behauptete sie.

»Wie? Eingestellt?« Die Hausherrin lehnte den Sauger gegen die Wand, was Agathe erleichtert durchschnaufen ließ.

»Wenn ich aufs Knöpfchen drücke, dann ist da nicht meine Sendung, sondern was anderes, Zebras und so was. Meine Sendung läuft immer um zehn. Und es ist schon zehn. Da dürften jetzt eigentlich keine Zebras …«

»Ja, da müssen Sie einfach nur mal durchschalten, Frau Christiansen.«

»Ja, einfach nur mal«, wiederholte Agathe empört. »Ich bin eine alte Dame. Und mein Enkel hier«, sie drückte den Finger in seine Brust, »der hat's auch nicht so mit Technik. Ist ein Schreiberling. Und homosexuell.«

Frank lächelte formvollendet.

»Na schön.« Böhmi zwängte sich durch ihre beiden Gäste im Türrahmen und schritt eilig den Flur entlang. Hinter ihrem Rücken wies Agathe ihren Enkel mit stummen Gesten darauf hin, dass es sich hier um eine ganz heikle Angelegenheit handelte und man höchstwahrscheinlich gerade noch ein großes Unheil hatte abwenden können. Im *Sturmflut*-Zimmer schaltete Böhmi den Fernseher ein. Von Zebras weit und breit keine Spur. Stattdessen legte eine blond gelockte Dame einem Telefonanrufer die Karten und redete von zukünftigen Zeichen, die man nicht ignorieren durfte. Böhmi begann, die Sender durchzuschalten. »Was ist denn Ihre Sendung?«

»Was mit … müden Beinen und …«

Frank grunzte.

Agathe sah ihn streng an. »Und Herzgeschichten.«

»So eine Gesundheitssendung, meinen Sie.«

Agathe nickte schwach. Frank spürte, wie sich Schweißflecken unter seinen Achseln bildeten. Es war ihm unangenehm, dass Agathe Frau Böhm-Lauterbach von der Arbeit abhielt. Man hatte der Hausherrin versprochen, ihr keine zusätzlichen Unannehmlichkeiten zu bereiten.

»Vielleicht kommt das auch erst um elf«, überlegte Agathe. »Oder dienstags.«

Die Pensionswirtin drückte Frank die Fernbedienung in die Hand. »Sie müssen hier einfach auf diesen Knopf … und dann schaltet das automatisch weiter.«

»Automatisch!?«

Böhmi nickte und ließ mit einem Augenrollen durchblicken, dass sie lieber das Zimmer oben flottkriegen wollte, statt Fernseher *einzurichten*. Auch wenn die Christiansens gut zahlende Gäste waren, so waren sie dennoch nicht die einzigen. Dass sich Böhmi gleich wieder aus dem Staub machte, wollte Agathe nicht zulassen.

»Sagen Sie, der Herr Klausen …«

»Ja, das ist traurig«, unterbrach Böhmi ungeduldig. »Ist aber nicht der Erste, den ich hier habe, also als Verstorbenen.«

»War der öfter hier?«

»Nein, das erste Mal. Ich kannte ihn überhaupt nicht.« Böhmi bedachte die beiden mit einem Sonst-noch-was-Blick.

»Er hat gesagt, dass er schon zweimal hier gewesen ist.«

»Kann auch sein«, Böhmi tat, als dämmere ihr was. »Ja, stimmt, der war vorletztes Jahr schon mal hier, glaube ich. Der hatte ordentlich zugelegt. Hab ihn kaum wiedererkannt. Richtig fett geworden.«

»Vielleicht hatte er sich ja auch woanders auf der Insel eingemietet das letzte Mal«, sagte Agathe. Böhmi schüttelte den Kopf. Sie war jetzt wieder ganz sicher. »Nein, nein, der war bei mir vorletztes Jahr. Ich erinnere mich.«

»Ja, Sie wirkten auch recht vertraut. Seltsamer Herr«, murmelte Agathe und sah Böhmi herausfordernd an. Die wich ihrem Blick aus.

»Eigentlich nicht mehr oder weniger seltsam als alle anderen auch«, sagte sie in Franks Richtung. »Wissen Sie, wenn man hier jeden Tag mit Menschen – also, das ist ja kein Geheimnis, irgendeinen Vogel haben die alle.«

»Haben die auch alle eine Schatzkarte?«, wollte Agathe wissen.

»Wohl nicht.« Nun lachte Böhmi. »Zumindest prahlte bisher keiner damit so rum wie Herr Klausen.«

»Vielleicht sollte man die Polizei darauf hinweisen«, schlug Agathe vor.

»Worauf?«

»Dass er einen Schatz gesucht hat.«

»Quatsch.« Böhmi winkte ab. »Das machen doch hier viele. Erst vor zwei Jahren hat so ein Bursche einen riesigen Schatz von Blauzahn gehoben, drüben auf Rügen.«

»Ach, echt?« Frank krempelte sich die Ärmel hoch und fächelte sich Luft in sein Hemd. Die Pensionswirtin lehnte sich gegen den Türrahmen. Zeit schien für sie plötzlich keine Rolle mehr zu spielen. Ausführlich berichtete sie von dem Fund, über den in allen Medien berichtet worden war.

»Auf einem Acker hat ein Junge vor zwei Jahren einen

Schatz gefunden. Über 500 Münzen, Perlen, Armreifen und Pipapo wurden ausgegraben. Soll vom Dänenkönig Blauzahn stammen, der im 10. Jahrhundert regierte. Ihm soll auch der berühmte Hiddenseer Goldschmuck gehört haben, den man hier vor 150 Jahren gehoben hat. Der neue Fund zieht immer noch Schatzsucher an … Träume wird man ja wohl noch haben dürfen. So wie Herr Klausen.«

»Wo und von was auch immer der jetzt träumt«, sagte Agathe.

»Genau«, beendete Böhmi ihren kleinen Einblick in die lokale Geschichte »jetzt ist er ja erst mal tot.«

»Erst mal.« Agathe spitzte die Lippen.

»Na ja, eigentlich ganz.« Böhmi machte sich wieder startklar, aber Agathe war noch nicht fertig mit ihr. »Sie müssen der Polizei sagen, dass Herr Klausen mit seiner Schatzkarte …«

»Ach, was geht das unseren Inselsheriff an?« Böhmi schüttelte den Kopf. »Herzinfarkt. Ganz normal.«

Agathe fand das alles andere als ganz normal. »Wer hat denn die Diagnose gestellt?« Sie legte die Hand auf Böhmis Unterarm.

»Der Notarzt war da.«

»Und wer ist der Notarzt?«

»Der normale Inselarzt. Herr Lupke. Als er ankam, war Herr Klausen schon tot.«

»Aha!« Agathe hob das kantige Kinn und klang, als hätte sie soeben alle überführt. »Und der Herr Doktor Lupke weiß auf Anhieb, dass es ein Herzinfarkt war?«

»Auf jeden Fall war Klausen tot, und soweit ich weiß, ist

es dann nicht mehr von großem Belang, was auf dem Totenschein steht. Ob Herzinfarkt, Herzstillstand oder Schlaganfall … macht für die meisten ja keinen Unterschied mehr. Tot ist tot.«

»Und wenn ihn jemand vergiftet hat?«

»Wen, den Klausen? Nein …«, Böhmi schüttelte den Kopf.

»Woher wissen Sie das?«

»Ich denke, Herr Lupke, der wird schon wissen, was er tut. Und er kann einen Mord von einem natürlichen Tod ganz bestimmt unterscheiden. Also wirklich, hier in der *Sanddornhütte*, da wird doch keiner vergiftet. Unser Fisch kommt immer frisch vom Kutter.«

Agathe setzte die Segel und nahm nun richtig Fahrt auf.

»Und der Bestatter hat ihn abgeholt?«, fragte sie.

»Ja.«

»Aber da müssen Sie erst die Angehörigen benachrichtigen.«

»Habe ich gemacht, telefonisch.« Böhmi schlug sich wacker. Frank war zufrieden.

»Und die Angehörigen haben dann den Bestatter am Telefon gleich ausgesucht?« Agathe räusperte sich. Ihre Stimme hätte einen Eukalyptusbonbon gut vertragen können.

»Ja. Nein. Hier gibt es ja keine Alternativen. Frau Christiansen, ich muss jetzt leider …«

»Wenn Sie da jetzt sauber machen, dann verwischen Sie noch mehr Spuren.«

»Was für Spuren? Herr Klausen ist doch bloß …«

»Das weiß man ja nun noch nicht, was mit dem ist.«

»Tot!«, sagte Frank. »Oma, der ist tohot.«

»Ja, nun warte mal!« Die dralle Böhmi hob den Finger und legte ihn nachdenklich an die Lippen. »Jetzt, wo Sie hier so … also, der Herr Doktor Lupke, unser Inselarzt, also, nein, nein«, sie winkte ab. »Das ist ja völliger Unfug.«

»Ja, was denn?«

»Nein, nein, das ist ja ein ganz dummer Gedanke. Vergessen Sie das.«

»Raus mit dem dummen Gedanken!«, befahl Agathe.

»Also vorgestern«, begann Böhmi zögerlich, »da saß er zusammen mit Klausen an der Bar, und da hat Klausen auch … mit seiner Schatzkarte angefangen, und Doktor Lupke hat zugehört. Ich dachte, weil der ja immer so höflich tut und das gewohnt ist, so zu tun, als würde ihn interessieren, was ihm seine Patienten erzählen, aber das kann sich ja kein Mensch alles ernsthaft anhören, was die Leute alles so reden, wenn der Tag lang ist und es irgendwo zwackt. Und es sah auch so aus, als ging es bei Lupke hier rein und da wieder raus.« Böhmi zeigte auf ihre Ohren.

»Das müssen Sie unbedingt der Polizei erzählen. Es gibt wohl auf der Insel Polizei?« Agathe stellte sich näher an Böhmi heran.

»Sabina Kunz, unser Inselsheriff, aber …«

»Aber was?« Agathe räusperte sich erneut. Sie hatte vor Aufregung einen ganz trockenen Mund. Frank würde ihr gleich ein Weißweinschörlchen besorgen müssen.

»Ich mache mich ungern lächerlich, wissen Sie.« Böhmi ließ ihre Fingerknochen knacken. »Ich muss ja hier noch mit den Leuten längskommen. Ich gehe jetzt nicht zu Sabina und erzähl der, dass Doktor Lupke einen meiner Gäste vergiftet hat, wegen einer Schatzkarte, und so tut, als hätte der einen Herzinfarkt gehabt. Nee, das mache ich nicht.«

»Dann machen wir das.« Agathe hakte sich bei ihrem Enkel unter. »Bitte fassen Sie oben im Zimmer nichts mehr an, bis wir bei Ihrem Sheriff waren. Herr Klausen muss dringend obduziert werden.«

»Ist recht!«, sagte Böhmi bissig. Sie drehte sich um. Mit ihrer Darbietung konnte sie zufrieden sein. Sogar an die Finte mit dem Arzt hatte sie gedacht. Den Hunni der Christiansens hatte sie sich ehrlich verdient.

»Ach!«, rief Agathe ihr hinterher. Böhmi blieb stehen, als hätte man sie auf frischer Tat ertappt.

»Wieso machen Sie das Zimmer eigentlich sauber? Haben Sie für so was niemanden?«

Jetzt drehte sich Böhmi erleichtert um. »Unsere Reinigungskraft hat einen Augenarzttermin auf dem Festland. Sie kommt heute etwas später. Ich übernehme in solchen Fällen ausnahmsweise, wenn neue Gäste anreisen, ja.«

Annika und Thomas verbrachten den Vormittag mit ihren Kindern am Strand. Tabea fand es erniedrigend, zwischen zwei mit Holzgittern verschlossenen Strandkörben zu sitzen, statt es sich darin gemütlich machen zu dürfen. Das ließ sie ihre Eltern wissen. Annika und Thomas bezichtigten ihre Tochter, verwöhnt zu sein. Außerdem seien Strandkörbe was für ältere Herrschaften. Sie seien seinerzeit für Rheumapatienten erfunden worden. »Und die Sonne knallt auch noch nicht so, dass man ein Dach braucht«, sagte Annika. Die Sonne gab an diesem Wochenende im Mai zwar ihr Bestes, doch jeder leichte Wolkenschleier sorgte sogleich für eine deutliche Abkühlung. Thomas lag auf einem Peanuts-Badehandtuch, die Arme unter dem Kopf verschränkt. Ihm war die Ostsee zu lieblich und zu harmlos, dieses Meer roch überhaupt nicht nach Meer. Er hatte als Einziger für Sylt gestimmt, aber auch eingesehen, dass die Übersichtlichkeit dieser Insel Vorteile hatte, wenn man mit einer Neunzigjährigen und Kindern unterwegs war. Tabea schaufelte schweren, feuchten Sand auf ihren Bruder. Timmys Körper war schon fast vollständig verbuddelt. Er hatte es wieder nicht geschafft, sich gegen seine Schwester durchzusetzen, und ließ sie gewähren, obwohl sich seine Lippen bereits bläulich verfärbten. Thomas schätzte, dass er noch etwa zehn Minuten Ruhe hatte, bis sich eines seiner Kinder lauthals über das andere beschweren und in ihm einen Schiedsrichter suchen würde. Annika blätterte in einem Society Magazin und gab mit schnaubenden Geräuschen ihre Meinung zu Promi A und Promi B preis.

»Na Liebling«, Thomas drehte sich zu ihr, »willst du ein bisschen Text üben?«

Annika legte die Zeitschrift neben sich in den Sand. »Weiß nicht!«

»Komm«, ermunterte sie ihr Ehemann, »für so was sind Familienurlaube da. Das sind Gelegenheiten, reinen Tisch zu machen, damit wieder Platz unter dem Teppich ist und man in den kommenden Jahren neuen Kram darunterkehren kann.«

»Na gut.« Überredet setzte sich Annika auf, schloss die Augen, hielt den Atem kurz an und begann: »Leute, wollt euch mal was sagen. Ist schon 'ne Weile her …«

»Nee!«, unterbrach Thomas ungnädig. »Das ist zu lax.«

»Ich hab's ernst gemeint«, beteuerte Annika.

Thomas schüttelte den Kopf. »Das muss reuevoller rüberkommen, so als würde dich das nach all den Jahren noch täglich belasten.«

Annika schloss für einen Moment die Augen und probierte, sich innerlich in eine andere Stimmung zu bringen. »Ihr Lieben«, probierte sie es mit gedämpfter Stimme, »ich muss euch was gestehen. Ich habe ein furchtbar schlechtes Gewissen, auch wenn es nun schon so viele Jahre her ist …«

»Mama, Timmy ist weg.« Tabea saß neben einem atmenden Sandhaufen und tat, als sähe sie sich aufgebracht um. »Mein Bruder, mein armer Bruder«, jammerte sie laut. Die unmittelbaren Strandnachbarn schauten herüber; genervt, amüsiert, verwundert – jeder auf seine Art. Thomas schaute etwas beschämt zurück. Am Ende des Sandhaufens rieselte Sand von einem großen Zeh, und kurz darauf wuchtete sich ein hustender und Sand spuckender Junge aus dem Haufen. Sein Husten wurde immer lauter und panischer, bis er verstummte und Timmy sich rückwärts fallen ließ.

»Jetzt ist der auch noch tot«, rief Tabea. »Mein armer, armer Bruder, wie der Dicke aus der Pension, mausetot. Schon die zweite Leiche heute.«

»So, jetzt kommt mal her, ihr beiden, und schreit hier nicht so herum«, sagte Thomas. Für gewöhnlich gefiel Annika, wie die Kinder ihren Mann immer wieder in Verlegenheit brachten, aber das fand sie nicht lustig. Bevor ihre Kinder traumatisiert aus einem Familienurlaub in die Schule zurückkehrten und in ihr Montagsheft Leichen malten, wollte sie die Leiche lieber *auflösen*. An die Gemüter der Kinder hatte bei der Planung des Kriminalfalls niemand gedacht oder alle waren wie so oft fälschlicherweise davon ausgegangen, dass die sowie nichts mitbekamen. Dabei war seit Jahren klar, dass Timmy und Tabea wie allen Kindern Fledermausohren wuchsen, sobald die Stimmen oder die Stimmung der Eltern geheimnisvoll wurden. Für Schwingungen waren Kinder Experten.

»Hab Durst«, sagte Timmy und ließ sich neben seinen Vater fallen. Schon hatte seine Schwester nach der Flasche Mineralwasser gegriffen und diese genüsslich an die Lippen gesetzt. Glugg, glugg, glugg, ließ sie das gute Gefühl, den Bruder zu ärgern, in sich hineingluckern. »Gib her, Mann«, schimpfte Timmy und riss ihr die Flasche aus der Hand. Kreischend sprang Tabea auf. Wasser lief ihr am Hals hinunter in den Pullover.

»So, jetzt mal Ruhe. Setz dich hin, Tabea. Ich will euch was sagen«, begann Annika.

»Ihr lasst euch scheiden«, tippte sie.

»Nee, aber der Klausen ist gar nicht tot.«

»Warum nicht?«, wunderte sich Timmy.

»Weil wir mit Uroma bloß Quatsch machen.«

»Kann ich nachher ein Eis?«, fiel Tabea ein.

»Haben, bitte«, korrigierte Thomas.

»Bitte haben.«

»Wieso lebt der jetzt wieder?« Im Gegensatz zu seiner Schwester interessierte sich Timmy für Klaus Klausen.

»Und wehe, ihr sagt was.« Annika versuchte, resolut zu klingen, und damit ihre Kinder kapierten, dass sie das dieses Mal wirklich ernst meinte, fuhr sie fort. »Dann fällt für ein halbes Jahr das Taschengeld flach, verstanden?!«

»Was soll ich sagen?« Timmy war verwirrt.

»*Nicht* sagen«, verbesserte Annika, »sollst du Uroma, dass Klausen nicht tot ist. Der tut nur so und wir auch, damit sie denkt, er ist tot.«

Timmy zuckte mit den Schultern.

»Das ist ihr Geburtstagsgeschenk.« Thomas streichelte seinem Sohn über den Kopf. »Sie mag doch Kriminalfälle. Wir tun alle so, als ob. Und sie muss herausfinden, was passiert ist. Sie wird erst mal denken, jemand wollte Klausens Schatzkarte haben, und dann wird sie versuchen herauszufinden, wer das war.«

»Der Mörder!?!« Timmy nickte unsicher.

»Es gibt ja in Wirklichkeit keinen Mörder«, erklärte Thomas noch mal zur Sicherheit. »Und auch keinen Toten. Uroma soll bloß ein bisschen Spuren verfolgen, die wir legen, damit sie dann am Ende herausfindet, wer der Mörder gewesen wäre, wenn es einen gegeben hätte.«

»Und wer wäre der Mörder gewesen?«, wollte Tabea wissen. Thomas verriet ihr, dass ein Freund von Annika, der gerade für ein paar Tage auf der Insel war und an einem Drehbuch arbeitete, den Mörder mimte. Zumindest müsste Agathe am Ende ihrer Ermittlungen bei ihm angekommen sein.

Dann würde sie noch herausfinden müssen, dass er mit den Fischern unter einer Decke steckte und sie gemeinsam vorhaben, Klausens Leiche in der Nacht zum Sonntag von der Insel zu schmuggeln. Man sah Timmys zusammengekniffenen Lippen an, wie sehr er sich anstrengte, nicht zuzugeben, dass er immer noch nicht ganz verstanden hatte. Tabea griff in die Tasche und kramte darin nach der Keksrolle, während sie sagte: »Ich schaff das nicht. Ich schaff es nicht, nichts zu sagen. Weil ich jetzt ja weiß, dass ich das nicht sagen darf, muss ich die ganze Zeit dran denken.«

»O Mann, Tabea!«, entnervt sah Annika ihre Tochter an, die sich genüsslich einen Keks in den Mund schob und dann beide Hände mit Nachschub belud.

»Vielleicht hilft es ja, wenn ihr mitspielt?« Thomas war sich sicher, dass es das war, worauf Tabea hinauswollte. »Ihr könntet Uroma irgendwas erzählen, also zum Beispiel, dass ihr jemanden belauscht habt, der von der Schatzkarte geredet hat und sich den Klausen mal vorknöpfen wollte oder so was.«

»Ich denke, wir sollen nicht lügen«, sagte Timmy und fiel nun ebenfalls über die Keksrolle her. Die Verpackung riss auf, so dass die letzten drei Kekse im Sand landeten und seine Schwester ihn mit »Du Vollidiot« beschimpfte. Dann steckte sie sich einen weiteren Keks in den Mund und streckte ihren Eltern die flache Hand entgegen. »Zwei Euro für jeden von uns und es geht klar.«

»Das kommt davon, wenn man immer mit Taschengeldentzug droht«, beschwerte sich Thomas. »Klassische Konditionierung.«

»Ein Euro«, sagte Annika dann, »plus unser Vertrauen und ihr dürft mitmachen.«

»Dann ist also euer Vertrauen einen Euro wert«, rechnete Tabea flugs aus. »Na gut, von mir aus!«, willigte sie dann gnädig ein und stieß ihren Bruder an, damit der auch nickte.

Agathe war Frank ein paar Schritte voraus. Frank schaute auf sein Smartphone. Nichts, kein Rückruf, keine Nachricht. Annikas Freund, der Drehbuchautor, war entgegen der Verabredung nicht ans Telefon gegangen. Wenn der sich nicht umgehend zurückmeldete, war Frank aufgeschmissen. Er konnte seiner Großmutter ja unmöglich selbst zufällig über den Weg laufen, sich mit komischem Verhalten oder widersprüchlichen Äußerungen verdächtig machen und Agathe davon abhalten, schnurstracks zur Polizei zu marschieren. Dass sie als Erstes den Inselsheriff in die Pflicht nehmen würde, hatte offenbar niemand für möglich gehalten. Diese Option tauchte unter den verschiedenen Varianten des Plans nicht auf. Man hatte sich das eher so vorgestellt, dass sie zuerst dem mysteriösen Doktor Lupke einen Besuch abstatten würde. Darum hatte man den, im Gegensatz zur Polizistin, auch eingeweiht. Agathe sollte einen Mord am Anfang nur wittern, nicht gleich bei der Polizei anzeigen. Frank wollte Zeit schinden, indem er sich, sobald in der Ferne Hufgeklapper zu hören war, an den Wegrand stellte und geduldig abwartete, bis der Pferdewagen vorübergerollt war. So konnte er pro Pferdewagen fast drei Minuten hinauszögern, und da der Kutschverkehr recht hoch frequentiert war, kamen reichlich Minuten zusammen.

Es waren aber längst nicht genug, um Agathe von ihrem Vorhaben abzubringen. »Oma, brems mal!«, sagte er schließlich und zeigte auf eine Bank, die zwischen zwei Papierkörben ein bisschen unglücklich dreinschaute. »Ich muss kurz telefonieren. Beruflich.« Agathe befand den Zeitpunkt für den denkbar schlechtesten, als ob man *jetzt* für *so was* Zeit hätte. »Beeil dich«, drängelte sie. »Ich bleib solange mit laufendem Motor stehen.«

Frank entfernte sich ein paar Schritte und versuchte, die Fischer zu erreichen, die gestern Abend in der Pension drapiert worden waren, um bei Agathe einen ersten auffälligen Eindruck zu hinterlassen. Ihr nächster Auftritt war erst für übermorgen geplant, aber vielleicht konnten sie spontan für den unzuverlässigen Drehbuch-Freund einspringen. Doch musste Frank den Anruf noch während des Klingelns abbrechen, da Agathe neben ihm auftauchte und ihn ungeduldig zum Weitergehen aufforderte oder besser gesagt: herausforderte. Frank stopfte das Telefon zurück in seine Hosentasche. »Und wenn wir vielleicht zuerst diesen total verdächtigen Arzt …«

»Später, Frankie.« Agathe wickelte sich ein Bonbon aus und ließ das Papier in einen der Papierkörbe fallen, bevor sie wieder losspazierte. Ohne sich umzudrehen, redete sie weiter: »Ich muss mich um die Obduktion kümmern, bevor der Tote über alle Berge ist. Oder über alle Meere. Der darf nicht von der Insel runter, solange er nicht obduziert ist. Hörst du, Frankie?«

»Ja, Oma!«

Im Stechschritt nahm sie weiter Kurs auf die Polizeistation.

90!, wenn man es nicht besser wüsste, glauben würde man das bei diesem Tempo kaum. Frank wischte sich Schweiß von der Stirn und fühlte sein Hemd am Rücken kleben. Er war wirklich nicht gut in Form, verbrachte zu viel Zeit sitzend und futterte dabei unkontrolliert Schoko-Doppelkekse. Manchmal spielte er mit dem Gedanken, in der Redaktion zu kündigen und freiberuflich wilde Reportagen zu schreiben, für die es zum Beispiel vonnöten wäre, sich mit der Mafia anzulegen oder die Sprache der Kameltreiber zu entschlüsseln, aber dann griff er immer nach dem nächsten Doppelkeks und blieb in seinem ergonomischen Bürostuhl sitzen. Schon dieses *Abenteuer* hier, fingierter Krimi mit Oma in der Hauptrolle auf deutscher Urlaubsinsel, schien ihm fast ein bisschen zu viel abzuverlangen. Er musste dringend ein paar Pfunde loswerden und *mit Sport anfangen.*

»Ich weiß nicht, Oma.« Mit ein paar schnellen Schritten holte er Agathe ein. »Mir ist das wie der Frau Böhm-Lauterbach irgendwie peinlich, zur Polizei zu gehen und der irgendwas von einer Schatzkarte und einem Mord zu erzählen. Dir nicht?«

Agathe blieb kurz stehen und sah ihren Enkel verständnislos an. Während sich hinter ihr zwei Schwäne über dem Bodden in die Luft schwangen, sagte sie: »Ich bin neunzig.« Sie sagte das so, als wäre damit alles beantwortet, als flöge sie allen Fragen dieser Art für immer davon. Und so war es ja auch. Entschlossen setzte sie ihren Weg fort, während sie nachschob: »Nein, mir ist zum Glück gar nichts mehr peinlich.«

»Na, toll«, nuschelte Frank und zupfte im Vorbeigehen ein Blatt von einem ihm unbekannten Busch.

»Da hinten ist sie!« Agathe drohte kurz, vom Trab in den Galopp zu wechseln, als sie in ein paar hundert Meter Entfernung eine uniformierte Dame entdeckte, die ein Fahrrad aufpumpte. Dennoch schien sie nicht besonders aus der Puste, als sie sich wenig später mit einem fordernden »Guten Tag« breitbeinig vor dem Inselsheriff aufbaute, die Fäuste cowboyesk in die Hüften gestemmt. Interessiert schaute der Sheriff, also sie – Frau Kunz –, aus der gebückten Haltung nach oben. »Hallöchen!« Man merkte sofort, dass Sabina Kunz sich mit ihrer Berufs- und Ortswahl gleich zwei Lebensträume auf einmal erfüllt hatte, so viel Zufriedenheit, wie da aus der schwarzen Uniform strömte, wie ein warmer Luftzug. Vielleicht war es auch nicht Frau Kunz' Glück, sondern ein realer warmer Luftzug, den Frank spürte.

»Sie sind also der sogenannte Inselsheriff.«

»Ja.« Sabina Kunz richtete sich auf und rückte ihre Mütze zurecht. Mitte 50, sicherlich alleinstehend, schätzte Frank, aber glücklich, eindeutig glücklich und zufrieden mit sich und der Welt. Frank war gleichermaßen beeindruckt, irritiert und neidisch.

»Soll ich Ihnen vielleicht …?« Er deutete auf die Luftpumpe, fand seinen Vorschlag natürlich selbst unangebracht. Kommissarin Kunz wirkte eher amüsiert. Mit einem bestimmten »Das schaff ich. Trotzdem danke«, beugte sie sich wieder zu ihrem Reifen.

»Sie haben sicher heute früh diese Geschichte von Herrn

Klausen mitbekommen, in der Pension *Sanddornhütte* ...«, begann Agathe.

Die Polizistin zog die Pumpe vom Ventil und prüfte mit Daumen und Zeigefinger den Reifendruck. Schwungvoll klemmte sie die Pumpe zurück in den Rahmen und blickte zu zwei Mädchen, die sich auf Pferden näherten. Agathe ließ sich nicht beirren. »Also, wegen dem Klausen, Herzinfarkt, da würde ich gern mal kurz mit Ihnen ...«

»Natürlich«, unterbrach die Polizistin. »Aber wenn das kein Notruf ist, also ich müsste nämlich jetzt ...«

»Notruf?« Frank legte den Kopf zurück und lachte. »Nein, überhaupt nicht. Das hat Zeit.«

»Nun ...«, Agathe warf ihrem Enkel einen tadelnden Blick zu.

»Gut.« Frau Kunz hob ihr Rad etwas an und zur Seite, um den beiden Pferdemädchen Platz zu machen.

»Hey, Sheriff«, sagte eines der Mädchen.

»Hey, Cowboy«, grüßte die Polizistin zurück.

Anschließend schwang sich Frau Kunz auf ihr Rad. »Entschuldigen Sie, ich müsste wirklich längst ... ist nur immer schlecht mit plattem Reifen. Manchmal ist man hier doch etwas langsamer an den Einsatzorten. Dürfte ich Sie bitten, mit Ihrem Anliegen wegen des Herrn ..., also, dass Sie bitte heute Nachmittag einfach wiederkommen?«

»Herr Klausen«, sagte Agathe. »Der hatte angeblich einen Herzinfarkt.«

»Selbstverständlich«, nickte Frank. Er tätschelte seiner Großmutter den krummen Rücken. »Wir kommen später wieder.«

Die Polizistin dankte und radelte davon.

»In Eile«, wiederholte Agathe abschätzig und machte eine zeitlupenartige Luftaufpumpbewegung.

»Na ja, die hat halt Besseres zu tun.« Frank legte beschwichtigend den Arm um sie.

»Tja.« Agathe drehte ihren Ehering, den sie noch immer trug, auch wenn sie schon viele Jahre allein lebte. »So viel Besseres wird hier nicht passieren«, war sie sich sicher. Sie hakte sich bei Frank ein. »Na gut, dann jetzt ab zum Onkel Doktor.«

Zur Arztpraxis waren es nur ein paar hundert Meter. Obwohl Frank keine ornithologischen Ambitionen hatte und allerhöchstens einen Spatz von einem Falken unterscheiden konnte, fiel ihm unterwegs die Vielzahl der unterschiedlichen Vogelstimmen auf, die ausgelassen Rabatz machten. Ihm gefiel das, und er fragte sich, ob hier wohl Vogelführungen angeboten wurden. An so was würde er gern teilnehmen. Oder an irgendwas mit Wildpflanzen. Er hatte noch keinen Sanddornstrauch entdeckt, obwohl es davon angeblich eine Menge auf der Insel gab. Vermutlich erkannte er sie einfach nicht. Das Handy in Franks Hosentasche machte vibrierend auf den Eingang einer SMS aufmerksam. Aufgeregt zog er es heraus. Kein Drehbuchautor, keine Fischer, sondern sein Vater Udo, der über eine für 14 Uhr anberaumte Notfallsitzung im *Leuchtturm*-Zimmer informierte. Frank solle bitte während dieser Zeit für Agathes Abwesenheit sorgen. Es gäbe Komplikationen. Mitleidig sah Agathe ihren unzufriedenen Enkel an. »Diese Gerätschaften in den Taschen, die ständig mit irgendeinem Gebimmel eure Aufmerksamkeit wollen, sind nicht gut fürs Seelenheil, Frankie. Du kannst doch nicht unentwegt für schlechte Nachrichten zur Verfügung stehen.«

»Sind manchmal auch gute Nachrichten«, behauptete Frank.

»Papperlapapp«, dementierte Agathe. »Zu meiner Zeit beschränkten sich miesepetrige Laune, Stress und schlechte Nachrichten auf die Momente, in denen die Ehepartner nach Hause kamen, man abends das Radio einschaltete oder man zweimal im Jahr ein Telegramm erhielt. Aber dieses fortwährende Gebimmel«, sie schüttelte verständnislos den Kopf. »Woher nehmt ihr die ganze Zeit dafür?«

»Hab weder einen Ehemann noch ein Radio und muss keine Telegramme mehr lesen«, sagte Frank. »Außerdem muss ich keine Kohle aus dem Keller holen und keine Stoffwindeln per Hand waschen. Das spart sehr, sehr viel Zeit für Gebimmel.«

»Oh«, sagte Agathe. »Ja, stell dir vor, du müsstest beim Windelwaschen auch noch diese ganzen Dinge mit dem Telefon tun.«

»Unvorstellbar«, stimmte ihr Frank zu.

Gut gelaunt spazierten die beiden zum Doktor. Dort lief alles reibungslos. Herr Lupke spielte seine Rolle – unwirscher Arzt, der keine Zeit hatte, mit alten Tanten über das Arztgeheimnis zu diskutieren – mit vergnüglicher Verve. Selbstverständlich könne er einen Herzinfarkt von einem Totschlag oder einer Vergiftung unterscheiden, motzte er die unerschrockene Agathe an, was ihn in ihren Augen nur noch verdächtiger werden ließ. So der Plan!

Das *Leuchtturm*-Zimmer war nicht für Familienversammlungen ausgelegt, darum verteilten sich die Christiansens mangels Sitzgelegenheiten auf der Bettkante. »Kuschelig wie auf einer Hühnerstange«, konstatierte Sonja und rieb ihren Oberarm übermütig an ihrem Schwiegersohn. Thomas lächelte verschreckt. Annika öffnete das Fenster. Frieden wehte herein. Man konnte ihn hören und riechen; Meeresrauschen statt Schnellstraße, Grillenzirpen von der Wiese statt Nachbars Gemotze bei den stinkenden Mülltonnen im Hinterhof. Timmy und Tabea hüpften ausgelassen zwischen den anderen auf Franks Bett herum. »Wir haben sie eingeweiht«, erklärte Annika ihre Anwesenheit, und Tabea fügte unbekümmert hinzu: »Wir kriegen 'nen Euro fürs Mitmachen.« Dann gab sie sich größte Mühe, höher zu springen als ihr Bruder.

Sonja schnalzte abschätzig mit der Zunge und wiederholte pikiert: »Einen Euro!«

»Wir wollten ihnen einen Toten nicht länger zumuten«, sagte Annika und dann zu ihren Kindern gewandt, »jetzt hört mal mit der Hüpferei auf. Runter da.«

»Ja, apropos tot …«, Hermann wollte gerade loslegen, als Frank mit etwas Verspätung ins Zimmer trat. Er hätte etwas Anerkennung für seinen Einsatz in der Großmutterbetreuung erwartet, musste aber darauf verzichten.

»Also folgendes Problem«, kam Hermann ohne Umschweife auf den Anlass des Treffens zu sprechen. Er schilderte die Begegnung mit dem sehr lebendigen Klausen und dessen unverschämte Forderung.

»Cool!«, fand Tabea. »Echt lustig, der Dicke.«

Sonja fragte ungewohnt spitzzüngig, ob das jetzt nicht eine Gelegenheit wäre, dass die Kinder sich ihren *doofen Euro* verdienten und sich um die Uroma kümmern gingen.

»Nö!«, fand Tabea.

»Doch!«, widersprach ihr Vater. »Gute Idee. Raus mit euch. Ab zu Miss Marple.«

Sich gegenseitig drängelnd, verließen die Geschwister das Zimmer.

»250 Euro? Echt? Wieso das denn?«, knüpfte Annika an Hermanns Schilderung an. Sie tat entsetzt, hätte sich aber totlachen können.

»Na ja wieso?« Hermann hob ratlos die Hände.

»Man steckt nicht drin«, versuchte Sonja eine Erklärung und rieb dabei an einem Fleck auf ihrem Shirt. »Der will sich sonst nicht verstecken. Die Frage ist jetzt, ob wir ihm das Geld geben oder nicht. Was meint ihr?« Sie probierte es mit Spucke, was den Fleck jedoch nur dunkler und auffälliger machte.

»Muss ja gar nicht passieren, dass die sich über'n Weg laufen«, sagte Annika.

»So wie ich ihn verstanden habe, würde er es ohne die 250 aber drauf anlegen«, erklärte ihr Vater.

»Wenn wir nicht zahlen, haben wir sozusagen das andere Geld auch in den Wind geschossen«, überlegte Thomas. Seine Frau sinnierte: »Vielleicht sollte man ihn wirklich um die Ecke bringen und 150 sparen, statt noch 250 draufzupacken.«

»Also, ich find's nicht witzig«, zickte Frank seine erheiterte Cousine an. »Hat sich hier eigentlich irgendwer mehr als einen halben Gedanken zu diesem … ähm … *Geschenk* gemacht?«

»Allerdings.« Udo kratzte sich am Nacken. »Drei Monate lang habe ich mir Gedanken gemacht und geplant und und und ...«

»Und wir haben auch noch den ein oder anderen halben Gedanken beigesteuert«, stellte sich Hermann an Udos Seite. Sonja hatte vollstes Vertrauen in das Unterfangen. »Man muss ja nun auch nicht gleich beim ersten Problemchen ...«

Frank schnaubte verächtlich. »Von den ersten Problemchen habt ihr überhaupt noch gar nichts mitbekommen.«

Er zupfte wieder an seinem weißen Hemd, wie er es oft tat, entweder weil er schwitzte oder weil es ihm einen Tick zu eng schien. »Ist doch wahr!«, fuhr er fort, obwohl niemand Einspruch erhoben hatte. »Ich find's voll nervig. Oma marschiert als Erstes zur Polizei, was offenbar in keinem eurer unzähligen Gedanken als Option aufgetaucht ist. Die Fischer sind nicht zu erreichen. Böhmi ist genervt wie Hölle.« Er sah Annika an. »Dein Drehbuch-Freund lässt sich nicht blicken. Eure Kinder *machen jetzt mit!* Und die«, Frank deutete mit aufgerissenen Augen auf seinen Vater, »lassen sich von diesem Idioten erpressen, während ich mit all diesen ersten Problemchen ...«

»Wieso ist denn dein Drehbuch-Freund nicht aufgetaucht?«, unterbrach Hermann. Er hatte das in der gleichen vorwurfsvollen Art gefragt, wie früher manchmal ›Warum sind denn nächste Woche Ferien?‹ oder ›Warum haben sie dich denn an der Schauspielschule nicht genommen?‹ Und so reagierte Annika entsprechend mit einem launigen: »Na, was kann ich denn dafür?«

»Es sagt ja keiner, dass du was dafür kannst.« Sonja stand

auf, schloss die Fenster und kam zurück auf Franks Problemchen. »Und was hat die Polizei gesagt?«

»Nichts«, antwortete er knapp.

»Wie nichts?«

»Nichts! Da will sie nachher noch mal hin. Aber ohne mich. Das kann einer von euch übernehmen. Ich bin raus für heute.«

Aufgeregt klopften die Kinder an die Tür. Annika öffnete. »Uroma macht nicht auf«, japste Tabea und stützte sich auf ihren Oberschenkeln ab.

»Vielleicht ist sie jetzt auch tot«, glaubte Timmy.

»Och«, jaulte Frank und krempelte seine Hemdsärmel noch höher. »Jetzt ist sie bestimmt schon los und erzählt dem Inselsheriff was von Mord und Totschlag. Warum macht sie nicht einmal, was sie soll und bleibt da, wo man sie absetzt?«

Bevor einer der anderen überhaupt begriffen hatte, was los war, war Frank schon hinausgeeilt und motzte auf dem Flur weiter: »Warum eigentlich schon wieder ich? Ich habe doch gerade gesagt, dass ich raus bin!«

Die anderen sahen sich betreten an, bevor sich Thomas den Kommentar »Wenn er Oma jetzt nicht mehr rechtzeitig einfängt, spart uns das immerhin 250 Euro« erlaubte und in die Hände klatschte, als sei das ein guter Deal.

»Da unten sitzt sie!« Sonja, die immer noch neben dem Fenster lehnte, pochte mit dem Finger gegen die Scheibe.

Agathe hatte es sich mit einem Eiskaffee auf der Terrasse gemütlich gemacht. Sie saß mit dem Rücken zur Pension und schaute auf die Wiese. Wie das in dem Alter sein muss, fragte sich Sonja, wenn man sowieso schon nicht mehr viel zu tun hat und dann an einem frühen Nachmittag auf einer Urlaubsinsel vor einem Eiskaffee sitzt und auf eine Wiese guckt – oder auf das mallorquinische Meer.

»Also 250?«, griff Thomas den ursprünglichen Faden auf und forderte eine Abstimmung per Handzeichen. Nachdem einstimmig das Sich-erpressen-Lassen beschlossen worden war, rieb sich Udo nervös die Hände und murmelte: »So und dann wollt ich euch mal was ..., weil ja Frank jetzt nicht da ist, na ja und Agathe auch nicht ... da wollte ich die Gelegenheit nutzen, mal unter uns ... weil die sind ja immer beide so empfindlich, also ...«

»Dass der wirklich 250 gesagt hat ...«, unterbrach Hermann und schüttelte fassungslos den Kopf.

»Wegen Brigitte«, fuhr Udo zielgerichtet fort und zog sich die Hose am Bund etwas höher. Es war ihm ein ernstes Anliegen. Schon lange.

»Wer ist Brigitte?« Tabea hörte auf, mit dem Fuß gegen den Mülleimer unterm Tisch zu treten.

»Schneider?«, fragte Sonja.

»Nein, Plön. Also ...«

»Ach die.« Sonja nickte. »Deine Bekannte, mit der du ...«

»Mit der ich ...«, Udo nickte, als wüsste man nun. Trotzdem war es ihm offenbar ein Bedürfnis, die Sache genauer zu erläutern. »Wir sind, also, wir mögen uns wirklich gern und ...«

»Die kennst du doch schon ewig«, fiel seinem Bruder völlig richtig auf. »Ihr seid mit ihr immer zum Bowling und so.«

Udo nickte. »Ja, wir kennen uns schon ein paar Jährchen, Jahrzehnte, und wir haben jetzt ...«

»Die Erbschleicherin?«

»Na ja, das war wohl mehr ein Gerücht, dass sie ihre Männer nur weil ... also, ich glaube nicht, dass sie ...«

»Ich will's gar nicht wissen«, knurrte Hermann.

»Was ist denn mit Frau Plön?«, wollte Timmy wissen.

»Verknallt«, klärte ihn seine Schwester auf.

»Wir haben jedenfalls ...«, Udo atmete tief ein. »Und darum kann es sein, dass zur nächsten Familienfeier ..., weil wir sind jetzt ...«

»Ja, das wissen wir ja nun.« Schwungvoll öffnete Sonja erneut das Fenster, aber der Frieden wehte jetzt woanders. »Und übrigens nicht erst seit gestern.« Sie stützte sich auf das Fensterbrett und lehnte sich etwas vor. »Irgendwie niedlich«, fand sie, »wie sie da so sitzt, unsere liebe Agathe. Und lässt sich nichts anmerken. Die muss doch einen Puls von 180 wegen unserem toten Klausen haben.«

Hermann reckte den Hals vom Bett aus. »Mhm«, brummte er, obwohl er seine niedliche, unaufgeregte Mutter gar nicht sehen konnte. Udo sah unsicher zu Boden und fragte sich, ob er eben alles losgeworden war, was er über sich und Brigitte schon seit Monaten loswerden wollte. Er hatte befürchtet, dass das nicht gut ankommt, wenn man jemanden schon lange kennt und dann plötzlich anders kennt. Das glaubt einem ja keiner, dass das vorher mal anders war. Vielleicht war es auch gar nicht anders vorher, gefühlsmäßig, nur die Umstände waren anders, weil er ja verheiratet war. Und das hat Udo immer akzeptiert. Er hatte sich nie darüber beschwert und sein Ehegelöbnis nie bereut. Er hat ja seine Frau auch geliebt, natürlich. Aber nur weil man jemanden liebt, heißt das ja nicht, dass man gefühlsmäßig tot ist. Und dann gab es noch Brigittes Ruf, der ihr vorauseilte und offenbar auch an Hermann nicht unbemerkt vorbeigezogen war. Udo glaubte nicht daran, dass sich seine Brigitte aus Habgier und Berechnung am Erbe ihrer beiden Ex-Schwiegermütter bereichert hatte. Das hatte sich zufällig ergeben, da war er sich sicher.

Fehlalarm. Das bemerkte auch Frank, als er auf dem kleinen Trampelpfad, der neben der Terrasse über die Wiese auf den Inselhauptweg führte, beinahe an seiner Großmutter vorbeigestürzt wäre.

»Frankie!?«

Frank bremste seinen Schwung ab und sah sich um. Agathe saß neben dem Holzgeländer. Auf dem runden Gartentisch vor ihr stand ein Eiskaffee, daneben lag ein aufgeschlagenes Rätselheft.

»Ach, du bist ja gar nicht weg«, stellte Frank erleichtert fest und stützte sich mit ausgestreckten Armen gegen den Holzbalken, als würde er sich nach einer Joggingrunde dehnen.

»Tut mir leid, mein Lieber.« Agathe versuchte mit einem langstieligen Löffel, Herrin der widerspenstigen Vanilleeiskugel zu werden. »Hab noch nicht puff gemacht. Eine Weile musst du mich wohl noch ertragen.«

»Ach, Omi, zum Glück bist du noch nicht verpufft!« Frank griff über das Geländer nach ihrer Hand, die das Glas hielt. Sie war ziemlich kalt, trotz des warmen Wetters.

»Onkel Frank!«, rief Timmy aus dem ersten Stock. Nicht

nur Frank, sondern auch alle anderen Gäste auf der Terrasse schauten zu ihm hoch. Timmy zeigte auf Agathe.

»Du hast doch gesagt, sie ist zur Polizei gelaufen.«

»Habe ich gar nicht!«, widersprach Frank entrüstet.

»Wegen dem dicken Toten!« Tabea zwängte sich neben ihren Bruder, wurde von ihrer Mutter aber sogleich vom Fenster weggezogen. Timmy ereilte das gleiche Schicksal. Anschließend verbeugte sich Annika im Namen ihrer Kinder für die kleine Vorstellung und schloss die Fenster.

»Dass wir wegen dem Dicken heute Morgen bei der Polizei waren. Das habe ich erzählt«, stellte Frank seiner Großmutter gegenüber richtig. Agathe sperrte die Augen weit auf und schob den Hals schildkrötenhaft langsam Richtung Eiskaffee. Sie legte ihre Lippen um den Strohhalm und sog daran.

»Aber ja, stimmt.« Frank tat, als fiele es ihm gerade in diesem Moment erst wieder ein. »Du wolltest da noch mal hin.«

»Im Moment sitze ich hier und denke an nichts Böses«, sagte Agathe ungewöhnlich ruhig. »Und was hattest du gerade vor, mein Junge?«

»Ich?« Frank fasste sich an die Nase. »Zur Apotheke«, hörte er sich lügen. »Ich habe ein bisschen … Magen.« Um glaubwürdig zu bleiben, legte er die Hand auf den Bauch und verzog schmerzvoll das Gesicht. »Ich geh dann mal!«

Nachdem sich Frank verdrückt hatte, polterten Timmy und Tabea auf die Terrasse. Sie setzten oder vielmehr warfen sich zu ihrer Uroma an den Gartentisch. Skeptisch beäugten sich alle drei gegenseitig.

»Wir wollen hier nur auch ein bisschen rumsitzen«, erklärte Tabea ihr Erscheinen und ließ ein leichtes Fragezeichen am Ende ihres Satzes erahnen. Ob das wohl gestattet sei?!

»Ich begrüße freiheitliches Rumsitzen«, sagte Agathe und bot einen Kakao für jeden, wenn sie sich dafür ungestört den zwei letzten Rätselaufgaben widmen durfte. »Denn die Freiheit des einen hört da auf, wo die Freiheit des anderen beginnt.«

»Aha!«, sagte Tabea und willigte ein. »Ich begrüße gute Deals.« In Wahrheit verfolgten die Geschwister eine andere Mission, aber sie wollten nichts riskieren, vor allem nicht den Kakao. Wenn der erst mal da war, würden sie weitersehen. Diese Taktik hatte sich schon ein paar Jahre bewährt. Nachdem die tätowierte Bedienung die Bestellung aufgenommen hatte, gaben sich Timmy und Tabea alle Mühe, das Abkommen einzuhalten. Sie schaukelten mit den Beinen, bissen sich auf die Lippen, prüften die Wackeligkeit des Tisches, warfen sich vielsagende Blicke zu und kicherten voller Anspannung. Noch bevor der Kakao serviert wurde, legte Agathe schwer atmend das Heft auf ihrem Schoß ab und fragte: »Also, was gibt's?«

»Nichts«, antwortete Timmy wie aus der Pistole geschossen.

»Nee, gar nichts«, bekräftigte seine Schwester. »Wieso?«

»Ich habe sehr feine Antennen«, sagte Agathe und hielt sich die Zeigefinger an den Kopf wie Insektenfühler. Die Kinder lachten, auch wenn Timmy dieses Uroma-Insekt unheimlich fand.

»Also los, raus damit.«

»Nö, nichts!« Tabea schüttelte den Kopf. »Höchstens, dass … ach, egal.« Die beiden Kakaos wurden gebracht. Tabea schlürfte daran, ohne die Tasse zu heben. Agathe widmete sich wieder ihrem Rätselheft. Nachdenklich legte sie den Kugelschreiber an ihre Lippen.

»Wir wollten dir wirklich nichts erzählen«, sagte Timmy, aber seine Bemühung, Agathes Interesse neu zu beleben, lief ins Leere. Sie füllte kleine quadratische Kästchen mit Buchstaben. Tabea ging in die Offensive. Sie lehnte sich über den Tisch und flüsterte: »Du, Uroma, du glaubst doch auch, dass der Dicke … dass da vielleicht einer …« Sie machte eine Geste mit der Hand, als schneide man jemandem die Kehle durch. Agathe sah ihre Urenkel aufmerksam an. Tabea sprach leise weiter. Sie machte das so gut, dass sogar Timmy gebannt zuhörte, obwohl er ja wusste, dass das nur Blödsinn war, was seine Schwester erzählte. »Heute am Strand, da waren ein Mann und eine Frau, ganz komisch waren die, sie wollten unbedingt unsere Schaufeln ausleihen, obwohl die keine Kinder hatten. Auch keine Hunde. Sie haben dann angefangen zu buddeln und Timmy hat gehört …« Sie schob ihren Ellenbogen an den Unterarm ihres Bruders. »Timmy, jetzt sag Uroma, was du gehört hast!« Timmy zögerte. Er hatte größten Respekt vor seiner Aufgabe. Was, wenn er es falsch sagte oder sich aus Versehen verplapperte? »Erzähl du's ihr.«

Und so fuhr Tabea fort: »›Wir müssen woanders suchen. Hier ist der Schatz nicht‹, haben sie gesagt.« Dann lehnte sie sich etwas zurück, sah ihre Uroma bedeutungsvoll an und nickte: »Genau, das haben sie gesagt. ›Hier ist der Schatz nicht‹.«

»Das haben sie gesagt?«, vergewisserte sich Agathe ungläubig.

»Aber ja!«, sagte Tabea, wie sie das mal in einem Film gehört hatte. »Aber ja!«

»Kann es nicht sein, dass sie diese Schatzkarte vom Dicken geklaut haben?« Timmy gab sich Mühe, seine Uroma auf die Idee zu bringen, auf die sie eigentlich selbst kommen sollte.

»Ach, hier sind sie, meine beiden Schätze!« Annika tauchte hinter Agathe auf und schob unauffällig die Zigarettenschachtel in ihre Hosentasche.

»Willst du schon wieder heimlich rauchen?«, fragte ihr Goldschatz Timmy.

»Nein, wieso?«

»Eine Mutter, die lügt«, sagte Tabea und legte die Hand tröstend auf Timmys Schulter. »Wir tun mir so leid, mein Bruder.« Timmy lehnte sich schluchzend gegen Tabeas Schulter. Agathe konzentrierte sich wieder auf ihr Rätselheft, aber an dem bedächtigen Tempo, mit dem sie die leeren Kästchen beschrieb, merkte man, dass sie mit den Gedanken woanders war.

Agathe saß noch auf der Terrasse, als Frank zurückkehrte. Das Rätselheft hatte sie beiseitegelegt. Stattdessen zog sie in einem Büchlein eine waagerechte Linie von links nach rechts.

»Na, machst du dir Notizen?« Frank nahm an, dass sie erste Erkenntnisse über Klausens Tod festhielt. Aber Agathe war mit etwas anderem beschäftigt.

»Ist mein Adressbuch. Muss mal wieder durchstreichen«,

sagte sie. »Heinrich Hüller hat sich im letzten Monat verabschiedet.«

»Aha. Wohin?«, fragte Frank gedankenlos, aber dann fiel es ihm gleich selbst auf. »Ach so!« Er zeigte gen Himmel, dann strich er mit dem Finger ein bisschen Sahne vom Rand des Eiskaffees und leckte sie ab. Es ärgerte ihn, dass Agathe wieder unbeaufsichtigt war, obwohl er auf die Gefahr, dass sie erneut zur Polizei gehen könnte, unmissverständlich hingewiesen hatte. »Wo sind die anderen?«

Agathe zuckte mit den Schultern. »Bei mir hat sich niemand abgemeldet. Ach, Frankie.« Sie kniff ihm, wie sie es gern auch bei ihren Urenkeln tat, in die Wange, dass es schmerzte. »Du musst mich nicht die ganze Zeit betreuen. Ich bleibe hier einfach sitzen und bin zufrieden. Ich habe nicht mehr so viel vor. Und Angst, etwas zu verpassen, braucht man hier auch nicht zu haben.«

»Das sind ja ganz neue Töne.« Frank hob misstrauisch den Kopf. »Hast du nicht heute früh noch gedacht, du könntest einen Mordfall verpassen?«

Agathe sah an Frank vorbei auf die Wiese, wo sich zwei Hasen jagten. »Och, lassen wir doch Leiche Leiche sein. Das Einzige, was man hier wohl verpassen kann, ist das Meer. Davon soll es eine Menge geben.« Agathe stemmte sich hoch. »Ich geh mal gucken, ob das noch so aussieht und diese Sachen mit den Wellen so macht wie früher.« Sie steckte das Adressbuch in ihre Handtasche und rollte das Rätselheft zusammen. Frank schob sich die Sonnenbrille ins Haar und hielt Agathe seinen angewinkelten Arm hin. »Darf ich dich begleiten?«

»Gern!« Agathe ignorierte die Armbeuge und machte einen großen Schritt an ihm vorbei. Frank setzte seine Sonnenbrille wieder auf und folgte ihr.

»Ach und wegen der Polizistin«, sagte sie über ihre Schulter. »Ich bin ihr vorhin übrigens begegnet.«

»Oh! Äh …«, machte Frank.

»Sie kam zufällig an der Terrasse vorbei und wir haben kurz geplaudert.«

»Und?«

»Unfähig.« Mehr Worte wollte Agathe über die Begegnung nicht verlieren. Und mehr wollte Frank für den Moment auch nicht wissen. Gemeinsam spazierten sie auf einem gepflasterten Weg zum Strand. Dort forderte Agathe den bis hierher verschmähten Arm ein, um mit dessen Unterstützung den leichten Anstieg auf den Deich zu erklimmen. Oben setzten sich die beiden in sicherer Entfernung zum Strand auf eine Bank. Frank war froh, dass sein Vater nicht auf die Idee gekommen war, die Veranstaltung in die Sommerferien zu legen und man genötigt war, inmitten entkleideter Menschen im Sand zu liegen. Mit verschränkten Armen saßen Oma und Enkel nebeneinander. Frank hatte mit dem einfach Nur-Dasitzen und Zufriedensein genauso wenig Probleme wie Agathe. Vielleicht war das die Ruhe vor dem Sturm, dachte er. Seine Midlife-Crisis stand bestimmt schon in den Startlöchern.

Nach der letzten Bratkartoffel des Abendessens wollte sich Agathe in der *Sanddornhütte* auf ihr Zimmer zurückziehen. Sie ließ sich weder für ein familiäres Würfelturnier noch für das Konzert in der Inselkirche begeistern. Frank musste an einen alten Hund denken, der zwar nicht wie seine jungen Artgenossen den ganzen Tag über Felder getobt war, aber so viele neue Gerüche erschnüffelt hatte, dass er sich von diesen Anstrengungen müde verkroch. Sonja setzte halbherzig nach, dass das Konzert mit Klarinette und Gitarre sicher »ganz hübsch« würde. Alle hielten kurz die Luft an. Agathe schüttelte den Kopf und unterdrückte ein Gähnen: »Ich muss in die Falle«, sagte sie und verschwand schlurfenden Schrittes.

»Die 250 für Klausen können wir uns sparen.« Frank hatte schon den ganzen Nachmittag auf die Gelegenheit gewartet, die anderen über die neuesten Entwicklungen zu informieren. »Oma interessiert das alles überhaupt gar nicht mehr. Sie will Leiche Leiche sein lassen. Und für die Polizistin kann sie sich auch nicht mehr begeistern.«

»Dann blasen wir die ganze Aktion ab?«, fragte Hermann in seiner pragmatischen Art. Das regte Sonja furchtbar auf. Warum in dieser Familie nach jeglichen Entscheidungen die Entscheidungen stets wiederholt diskutiert werden müssten, ereiferte sie sich. Man sei sich doch einig gewesen, weiterzumachen und Klausen das Geld zu geben. »Wir kriegen Agathe schon wieder auf Spur«, glaubte sie. Und da sollte sie nicht zu viel versprochen haben. Noch bevor alle ihre Meinung zum Für und Wider des Abblasens abgeben konnten, deutete Annika mit dem Feuerzeug zum Fenster, an dem Agathe gerade vorbeihuschte wie eine Schattenfigur. Sie musste sich durch den Notausgang bei den Mülltonnen gemogelt haben. Nach diesem Auftritt griff Sonja siegessicher zum bereitgestellten

Würfelbecher und schüttelte ihn kräftig. Schwungvoll ließ sie ihn auf die Tischplatte knallen. Vorsichtig lugte sie darunter, bevor sie ihn erfreut hochriss und sich die drei Einsen als 1000 Punkte auf einem Blatt Papier notierte. Sie schob den Becher weiter zu ihrem Schwager. Aber der hatte weniger Glück. »Pech im Spiel, Glück in der Liebe«, versuchte Thomas ihn aufzumuntern. Tabea wurde konkreter: »Pech im Spiel, Glück mit Plön.«

III

Als Hermann und Sonja am nächsten Morgen den Frühstücksraum betraten, saß Agathe bereits gestriegelt und geschniegelt am angestammten Tisch vom Vortag. Die Krümel um ihren Teller verrieten Elan und einen ausgezeichneten Hunger.

»Juhu«, rief sie ihrem Sohn und der Schwiegertochter in Kopfstimme zu, so wie das alte Tanten in Komödien machen. Hermann und Sonja steuerten die gut gelaunte Agathe an. Hermann gab seiner Mutter einen Kuss auf die Stirn, und auch Sonja begrüßte ihre Schwiegermutter ausgesprochen herzlich mit einer festen Umarmung, bei der sie Agathes Wange gegen ihren Busen presste. Diese Überschwänglichkeit hatte nichts mit der Mallorca-Sache zu tun, die die beiden mit Agathe besprechen wollten, höchstens ein bisschen.

»Was für ein Glück wir mit dem Wetter haben«, sagte Sonja hochzufrieden.

Agathe hielt sich am Besteck fest und war offenkundig ziemlich ungeduldig. »Ich muss euch was gestehen«, platzte es dann auch schon aus ihr heraus. Auffordernd wies sie auf die Stühle am Tisch, damit Sonja und Hermann nicht auf die Idee kamen, sich erst noch mit Käse und Marmelade vom Büfett zu versorgen. Gehorsam nahmen die beiden Platz. Sie ahnten natürlich, dass Agathes *Geständnis* etwas mit ihrem gestrigen Ausflug zu tun hatte. Dennoch einigermaßen gespannt schauten sie sie an, mussten sich aber noch einen Augenblick lang gedulden. Agathe schwieg vorerst, weil Böhmi mit einer silbernen Kaffeekanne an den Tisch herangetreten war. Die Gastgeberin machte keinen Hehl aus ihrer schlechten Laune und versorgte ihre Gäste grußlos mit Kaffee. Ein paar Tropfen verfehlten ihr Ziel und verwandelten sich auf der weißen Tischdecke in münzgroße braune Flecken. Böhmi störte sich nicht daran. Ohne Kommentar wanderte sie zum nächsten Tisch, wo sie ihre fröhlich-forsche Art wieder aktivierte. Hermann hatte Hunger. »Jetzt spann uns nicht so auf die Folter«, bat er. Agathe schob ihre Finger ineinander wie zum Gebet. »Ich habe mich gestern nicht gleich ins Bett gelegt.«

»Sondern?«, bohrte Hermann nach.

»Ich bin einer Spur nachgegangen.«

»Agathe!?!« Sonja tat entsetzt.

»Du kommst gerade richtig«, winkte Hermann seinem Bruder, der in diesem Augenblick den Raum betrat.

Udo warf einen sehnsüchtigen Blick zum Büfett, während Böhmi mit der Kaffeekanne einen Bogen um ihn machte. Sein »Morgen« beantwortete sie mit einem pampigen »Gleichfalls«. Irritiert schaute er ihr hinterher, bevor er das Büfett links liegen ließ und sich zu seiner Familie begab.

»Stell dir bloß vor, unsere Mutter war ganz unvernünftig«, begrüßte ihn Hermann. »Weißt du, was sie gemacht hat?«

»Na?« Udo sah seine Mutter neugierig an. Er traute ihr vieles zu.

»Sie hat sich gestern Abend gar nicht hingelegt!«

»Ach was!?«

»Sondern ist einer Spur nachgegangen«, sagte Sonja.

»Was denn für eine Spur?« Udo beugte sich zu seiner Mutter und gab ihr einen Kuss auf das wellige Haar, das immer ein bisschen nach Zitrone roch.

»Im Fall Klausen.« Endlich hatte es Agathe ausgesprochen. *Fall* Klausen und alle hatten es gehört.

»Welcher …« Udo kniff die Augen zusammen und sah nachdenklich an die fischernetzbehängte Decke.

»Der Dicke, der Tote«, sagte Sonja.

»Der mit dem Schatz«, fügte Hermann hinzu.

»Aber Mama«, tat Udo überrascht. Neben ihm tauchte Böhmi auf und goss ungefragt Kaffee in eine weitere Tasse. Dabei wirkte sie teilnahmslos und routiniert, als wäre das ihr immer gleicher Auftritt in einer 534. Theatervorstellung. »Eier sind gleich alle«, murmelte sie beim Weitergehen.

»Jetzt erzähl endlich«, drängelte Sonja.

Agathe ließ sich nicht lange bitten und verriet, dass sie gestern Abend das verdächtige Ehepaar ausfindig gemacht hatte und ihm gefolgt war.

»Ein verdächtiges Ehepaar? Was für ein verdächtiges Ehepaar?« Sonja sah die Männer verwundert an. Hermann zuckte mit den Schultern.

»Den Hinweis hatte ich von meinen Urenkeln«, freute sich Agathe.

Sie berichtete von Timmys und Tabeas Beobachtung gestern am Strand und da habe sie sich an dieses Ehepaar erinnert, das am ersten Abend, als man hier noch mit dem lebendigen Klausen saß, herüberstarrte, als die Schatzkarte erwähnt wurde. »Und so große Ohren!« Agathe beschrieb mit dem Besteck neben ihren Ohren einen Kreis.

»Nein«, Udo schüttelte den Kopf, »das war kein Ehepaar, das waren zwei Männer, einer mit und einer ohne Bart.«

»Ja«, stimmte Agathe zu. »Die Herren habe ich auch wahrgenommen. Harmlos. Zu plump. Wer was im Schilde führt, bemüht sich um Diskretion. Es sind immer die weniger Auffälligen, auf die der Verdacht fallen muss.«

»Ach so!« Sonja nickte verständnisvoll.

Obwohl weder sie noch Udo oder Hermann sich an ein Ehepaar erinnern konnten, ärgerten sich alle drei über das Phantom. Mit seiner Neugierde hat es Agathes Aufmerksamkeit auf sich gezogen. Dabei sollte Agathe die Fischer in Erinnerung behalten, die man mit im Boot und bezahlt hatte und kein sensationslüsternes Ehepaar.

Agathe berichtete weiter, wie ihr gestern Abend der Zufall in die Hände gespielt habe. Just in dem Moment, als sie die Vorhänge zuziehen wollte, sei ebenjenes Ehepaar vorbeispaziert. Kurzentschlossen sei sie hinterher, durch den Hinterausgang raus, damit keiner auf die dumme Idee kam, sie aufzuhalten. Und für dumme Ideen seien einige Familienmitglieder, wie ja jeder wisse, ziemlich anfällig. Agathe sah die Anwesenden der Reihe nach an. Ein Einspruch blieb aus. Das Paar habe sich dann vor dem Gasthaus *Heidenwind* niedergelassen, Agathe sich den Tisch neben ihnen geschnappt, von wo aus sie deren Gespräch bestens verfolgen konnte. Und das habe sich gelohnt. Das Paar habe sich nämlich über ein Haus auf den Malediven oder einer anderen Insel unterhalten. Hermann und Sonja zuckten zusammen. Agathe fuhr fort. Das Paar habe überlegt, wo man einen Goldschatz zu Geld machen könne. Es sah Möglichkeiten bei ausländischen Museen, Museen von Schurkenstaaten. Agathes Begeisterung löste in Udo ein akut schlechtes Gewissen aus. Am liebsten hätte er seiner Mutter sofort gestanden, dass es überhaupt gar keinen Schatz gab. Das wisse er zufällig genau, denn er persönlich hätte sich den bloß ausgedacht. Nicht in böser Absicht, sondern um seiner geliebten Mutter ein unvergessliches Geschenk zu machen. Sein Magen knurrte. Vertrauensvoll beugte er sich etwas zu Agathe. »Mama, ich weiß nicht, ob du nicht vielleicht etwas falsch …«,

»Agathe wird ja wohl wissen, was sie gehört hat«, unterbrach Sonja ihren Schwager unwirsch.

»Da hat die Gute recht. Ich weiß, was ich gehört habe.« Agathe erhob sich und drückte ihre Haare zurecht. Schuppen rieselten auf den Kragen ihrer blauen Strickjacke.

»Und was hast du jetzt vor, Mama?«

»Wenn diese Leute irgendwas mit Klausens Tod zu tun haben, dann werde ich das herausfinden«, versprach sie.

»Mama!«, sagte Sonja entrüstet, weil sie wusste, dass Agathe dieser Ton gefiel. »Treib's nicht zu doll.«

Hermann und Udo hingen schnaufend über den Lenkern ihrer Leihräder. Der Gegenwind schien genau wie sie selbst nicht einverstanden mit der Entscheidung, Klausen das Geld zu bringen. Jedem war klar, dass man sich niemals auf Erpressungen einlassen darf, aber man soll auch weniger Zucker und nicht zu viel Fleisch essen. Und weniger Alkohol trinken. Das weiß man auch. Udo hatte sich vorgenommen, Klausen wenigstens eine Bedingung zu stellen. Für die 250 extra sollte er die Insel für die kommenden drei Tage verlassen. So würde Klausen nicht in die Verlegenheit geraten, weiter den Erpresser zu spielen, und noch mehr Geld zu fordern. Hermann fand den Vorschlag seines Bruders gar nicht so schlecht. Eigentlich fand er ihn richtig gut, aber wenn man sechzig Jahre versucht, bessere Ideen zu haben als der Bruder, verfällt man nicht in Euphorie über eine richtig gute Idee des anderen. Sonja hatte mal vor vielen Jahren zu Hermann gesagt, er solle aufhören, sich deshalb immer so einen Stress zu machen. Es sei wichtig, Dinge zu akzeptieren, die man nicht ändern könne. Udo sei nun mal der Pfiffigere von beiden. Nicht unbedingt schlauer, das wollte sie damit nicht gesagt haben, aber pfiffiger. Es gäbe Wichtigeres als Pfiffigkeit. Hermann habe andere Qualitäten, die Sonja sehr zu schätzen wisse, sonst hätte sie ihn wohl kaum geheiratet. Sie liebe zum Beispiel seine gnadenlose Zuverlässigkeit. Hermann hatte einige Tage damit zugebracht, darüber nachzudenken, ob gnadenlose Zuverlässigkeit etwas war, wofür man geliebt werden wollte. Er überlegte, wofür er Sonja liebte, und es fiel ihm nichts ein. Er fand vieles an ihr gut und richtig, und in manchen Dingen bewunderte er sie, aber deshalb liebte er sie nicht. Er liebte sie einfach so. Und als ihm das bewusst wurde, wollte er gleich dreimal nicht für seine gnadenlose Zuverlässigkeit geliebt werden.

»Du!?«, riss ihn Udo aus den Gedanken. »Sag mal, müssen wir Angst haben?«

»Wovor?«

»Ich meine, weil der Typ eine Schraube locker hat«, schnaufte Udo. »Was, wenn der mit einer Knarre oder so was aufkreuzt?«

Da sagte Hermann verächtlich: »Ich bitte dich!« Obgleich ihm ein Schauer über den Rücken lief und er überhaupt keine Schwierigkeiten hatte, sich Klausen mit vorgehaltener Waffe vorzustellen. Doch Angst, das hatte Hermann in seinem Beruf erfahren – führte nie zu etwas Vernünftigem, nur zu unnötigen Fehlern. Und wenn ihm wieder mal jemand sagte, dass Angst lebenswichtig sei, weil man ohne Angst aus dem dritten Stock springen würde, würde Hermann antworten, das habe nichts mit Angst zu tun, das sei Feigheit. Das könne man leicht verwechseln, sei aber grundverschieden.

Vor der *Kliffbude* stiegen die Brüder von ihren Rädern. Am Tisch vor dem kleinen Kiosk, wo sie tags zuvor Klausen angetroffen hatten, saßen zwei ältere Damen. Ein Schachbrett stand zwischen ihnen. Die eine las Zeitung und die andere war mit ihrem Handy beschäftigt, das Uhu-Schreie von sich gab. Neben dem Tisch warteten zwei Möwen und eine Ente. Unbeweglich verharrten sie und sahen aus wie Dekoration. Udo schob das Rad in den Fahrradständer und wischte sich mit einem Stofftaschentuch den Schweiß von der Stirn. Dann faltete er das Taschentuch sorgfältig zusammen und steckte es in die Hosentasche. Er stützte die Hände ins Kreuz, wie er es oft tat, und ließ den Blick über die Landschaft streifen.

»Er ist nicht da«, sagte Hermann, als wäre das seinem Bruder noch nicht aufgefallen. Udo sah auf die Uhr. So ungefähr musste das mit der Zeit hinhauen. »Wird gleich kommen.«

Hermann schob sein Rad ebenfalls in den Ständer und stellte sich unschlüssig neben seinen Bruder. In der *Kliffbude* drehte jemand an einem Postkartenständer. Noch eine Runde und noch eine und noch eine. Das machte Hermann nervös. Er selbst hatte nämlich nicht vor, sinnlose Runden zu drehen. Die Unverfrorenheit des Erpressers, sie jetzt warten zu lassen, regte ihn auf. Sein Bruder nahm das weniger persönlich. Udo kam der zeitliche Aufschub ganz gelegen, denn er war sich noch nicht sicher, wie er es anstellen wollte. Höflich? »Es wäre sehr nett, wenn ...« oder unmissverständlich: »Hier das Geld und jetzt verlassen Sie schleunigst die Insel.«

»Unmöglich!« Hermann ging ungeduldig ein paar Schritte auf und ab, als wäre Klausen ein paar Meter weiter links oder rechts zu finden. »Jetzt lässt der uns hier wirklich warten!« Geduldsmäßig hatte Hermann während seiner Berufsjahre sein ganzes Pulver verschossen. Jetzt, da er alle Bomben, die in seinen Aufgabenbereich gefallen waren, erfolgreich entschärft hatte, war es vorbei mit Geduld und Gelassenheit.

Udo schlug vor, sich in der Frühjahrssonne ein Radler zu genehmigen, statt sich von Klausen die gute Laune verderben zu lassen. Hermann gab ein unbestimmtes Murren von sich und holte zwei Flaschen aus dem Kiosk. Er dachte kurz daran, mit Udo über die Mallorca-Sache zu sprechen, aber wenn dann Klausen in die Sache platzte, bevor Hermann alles richtig erklären konnte und die Geschichte dann mit all den vorprogrammierten Missverständnissen in der Luft hing, war ja nichts gewonnen. So ließ Hermann das lieber bleiben. Stattdessen erzählte er Anekdoten, die schon mindestens einmal zu oft erzählt worden sind. Udo schweifte gedanklich ab, hin zu Brigitte. Er hatte das Gefühl, diesbezüglich etwas klarstellen zu müssen. Als die Brüder die Radler eine halbe Stunde später geleert hatten, war von Klausen immer noch keine Spur und weder Brigitte noch Mallorca waren auf dem Tisch.

»Du hast Uroma beklaut?« Tabea blieb abrupt stehen und drehte sich zu ihren Eltern um. Thomas machte ein Foto von ihr. Der Leuchtturm im Hintergrund war genauso groß wie sie. Er strahlte weiß. Tabea strahlte dunkel. Das Entsetzen in ihrem Gesicht unterschied sich kaum von all ihren anderen entsetzten Gesichtern. Ob ein Spaziergang angekündigt, ein drittes Eis verboten, ihr von Timmy in die Hacken getreten oder ihre Uroma beklaut wurde. Es gab für Tabea fortwährend Gründe für entsetzte Gesichtsausdrücke.

»Hä?« Annika reagierte wie immer, wenn sie ertappt wurde.

Ihre Kinder hatten das schon lange durchschaut und ließen sich von einem *Hä* nicht mehr verunsichern. Außerdem hatte Timmy es ja auch gehört. »Hast du eben gesagt.« Er machte ein Peace-Zeichen in Thomas' Kamera und zeigte seine viel zu großen Zähne.

»Ich habe Uroma nicht beklaut«, behauptete Annika unverfroren, obwohl sie gerade mit Thomas über ihren Diebstahl und darüber, wie sie nach all den Jahren ihr Gewissen endlich reinwaschen konnte, gesprochen hatte. Ehrlichkeit wäre natürlich eine Variante und vermutlich die bessere Wahl gewesen. Manchmal bogen eben auch Eltern bei Entscheidungen falsch ab.

»Ich hab's auch gehört«, stellte Timmy klar. »Du hast mal Uromas Hund geklaut.«

»Ich habe doch Uroma keinen Hund geklaut.« Erleichtert lachte Annika auf. Thomas knipste. Dieses Foto würde später den Eindruck vermitteln, die Familie hätte auf dem Weg zum Leuchtturm eine unbeschwerte Zeit miteinander verbracht.

»Hast du wohl!« Trotzig kickte Timmy gegen einen Stein, der in einen abseitigen Ginsterbusch kullerte. »Du willst ihr sagen, dass du ihren Collie geklaut hast.«

»Mann, bist du dumm.« Tabea schlug sich mit der flachen Hand gegen die Stirn. »Keinen Collie, ein Collier, du Hohlbratze. Das ist eine Kette.«

»Tabea!«, mahnte Thomas. »Achte mal ein bisschen auf deine Ausdrucksformen.«

»Ich habe weder einen Hund noch eine Kette geklaut«, beteuerte Annika. »Immer versteht ihr alles falsch.«

»Jetzt lügt sie schon wieder. Lügen und Stehlen gehen klar, Hauptsache, ich achte auf meine Ausdrucksform. Ja, ja.«

Annika verdrehte hinter dem Rücken ihrer Tochter die Augen, als diese sich umdrehte und fünf Euro verlangte, für den Fall, dass sie wegen der Kette Stillschweigen bewahren sollte. Ihrem Bruder riet sie dazu, ebenfalls fünf Euro einzufordern.

»Sonst noch was?«, fragte Annika einigermaßen entsetzt.

»Nö!« Tabea schüttelte den Kopf. »Sonst ist alles in Ordnung.«

Ein Handyklingeln unterbrach die nette Plauderei. Annika machte eine antreibende Geste, dass alle jetzt bitte einfach weitergehen und sie ungestört telefonieren lassen mögen.

»Ich bin einen Tag zu spät, oder?«, erkundigte sich ihr Freund Leopold zögerlich am anderen Ende der Leitung. Diese verpeilte Art hielt er für charmant. Und Annika auch.

»Ist nicht so schlimm«, behauptete sie.

Thomas ahnte, wen seine Frau am Telefon hatte, wenn sie so flötete, und schüttelte entgeistert den Kopf.

»Echt, sorry!«, sagte der Drehbuchautor. »Könnt ihr mich denn jetzt noch gebrauchen?«

»Ja, wenn du ihr heute auflauern könntest«, sagte Annika. »Ruf mal meinen Cousin an. Die Nummer hast du, oder?«

Leopold versprach, Frank anzurufen und dass man sich heute auf ihn verlassen könne. Er habe die Waffen niedergelegt, aufgehört, mit der 14. Szene zu kämpfen und sei *wieder frei für andere Scherze*. Annika hatte den narzisstischen Leopold gern, egal wie lächerlich Thomas ihn fand.

Aufgeregt stürzte Sonja den Brüdern entgegen, so dass Hermann und Udo bereits etwa 50 Meter vor der *Sanddornhütte* von ihren Rädern steigen, beinahe springen mussten, um eine Kollision mit ihr zu vermeiden. Sonja hatte die Augen weit aufgerissen und wackelte mit dem Kopf hin und her. Sie war so aufgewühlt, dass es einen Moment dauerte, bis sie es schaffte, die ersten Worte zu sagen. »Ist eingebrochen worden«, entfuhr es ihr schließlich. Sie zeigte hinter sich nach schräg oben, in Richtung des Zimmers, in dem Klausen angeblich übernachtet hatte.

Udo fand, dass er sich mit seiner Neuigkeit auch nicht zu verstecken brauchte. »Der Klausen ist nicht aufgetaucht.«

Hermann griff in seinen Brustbeutel und zog zum Beweis das Geld hervor. Sonja hielt diese Information aber im Vergleich zu ihrer für unerheblich. »Umso besser«, sagte sie und winkte die beiden hinter sich her. Zusammen stiegen sie in die erste Etage, wo die Tür zum *Watt*-Zimmer weit offen stand. An der Tür waren keine Einbruchspuren zu erkennen, aber dass mit dem Zimmer im wahrsten Sinne des Wortes etwas nicht in Ordnung war, war nicht zu übersehen. Böhmi stand in einem Chaos aus leeren Schubladen, zerwühlten Betten, einer umgefallenen Stehlampe und einem umgeworfenen Stuhl. Sie lehnte am Kleiderschrank und hatte das Handy am Ohr. »Gut, danke, bis gleich.« Sie schob das Telefon in ihre Hosentasche und behielt ihren missmutigen Blick bei. »Probleme?«

»Ähm«, räusperte sich Sonja. Udo schämte sich für ihre aufdringliche Art dazustehen und in das Zimmer zu glotzen. Der Anblick der herausgerissenen Schubladen löste in ihm ein unwohles Gefühl aus, so wie die nachgestellten Szenen von Brigittes Lieblingssendung *XY ungelöst*. »Ja«, sagte er. »Wir haben ein kleines Problem.«

»So klein ist es nun nicht«, befand Hermann. »Es geht um Ihren Cousin!«

Ganz langsam atmete Böhmi ein und sehr lange aus. Dabei schloss sie die Augen, legte ihre Daumen auf die Zeigefinger und drehte die Handfläche nach oben. »Ommmm!«

Die drei Christiansens schauten ihr geduldig bei der Kurzmeditation zu. Sie hofften, dass Böhmi anschließend fokussiert genug sein würde, um Auskünfte über ihren Cousin zu erteilen. *Ach der, ja, der hat sich's anders überlegt. Oh, der schämt sich und lässt Sie schön grüßen* oder: *Mein Cousin ist kurzfristig verreist.* So etwas in der Art hätten die Christiansens erwartet, aber Böhmi dachte gar nicht daran. Nach ihrem *Ommmm* blieb sie stumm wie ein Fisch und ließ ihren Blick für sich sprechen: *Was ist mit dem?*

»Ihr Cousin Burkhard«, sagte Sonja, »wollte noch mehr Geld von uns und ist zur Übergabe nicht aufgetaucht.«

»Würden Sie uns verraten, wo er wohnt?«, fragte Udo höflichst. »Vielleicht hat er unsere Verabredung heute vergessen.«

»Und dann wollen Sie ihm das Geld auch noch hinterherschleppen?«, erkundigte sich Böhmi zu Recht verwirrt von so viel Naivität.

»Genau!«, stimmte ihr Hermann zu, dankbar für ein bisschen Unterstützung. »Das geht ja wohl viel zu weit.«

»Vielleicht hat er …«, setzte Sonja vorsichtig an, wurde aber ruppig von der Herbergsmutter unterbrochen.

»Entschuldigung. Es war nicht abgemacht, dass ich bei diesem ganzen Theater hier eine tragende Rolle spiele. Und wie Sie sehen, habe ich gerade zu tun.«

»Ja, das sehen wir«, gab Udo zu.

»Dieser Ärger.« Böhmi drückte mit der Fußspitze die Schranktür zu. Mit einem lauten Rumms fiel darin ein Regalbrett zu Boden »Ich kann nur hoffen, dass das nichts mit Ihrer Omma zu tun hat. Das wäre echt scheiße, wenn ich das mal so unverblümt sagen darf. Und dann mach ich da auch nicht mehr mit, bei diesem ...«

»Aber nein«, versprach Udo, »das hat doch mit unserem Theater nichts ...«

»Sie arbeiten garantiert nicht im Dienstleistungsgewerbe«, schnitt Böhmi ihm das Wort ab und setzte sich auf die Matratze, die quer über dem Bett lag. »Sonst wüssten Sie, wie bescheuert die Leute sind. Wenn da einer das Wort Schatzkarte aufschnappt, setzt bei manchen was aus. Irgendein Idiot ist hier eingebrochen. Ich wüsste nicht warum, wenn nicht wegen einer dämlichen Schatzkarte, die es nicht gibt. Nicht zu fassen!«

»Tut uns leid.« Sonja war kurz versucht, Böhmi die Hand zu reichen, konnte sich aber noch rechtzeitig besinnen.

Hermann ließ den Finger über den Schnapper an der Tür fahren. »Sieht gar nicht nach Einbruch aus.«

»Polizei kommt gleich«, sagte Böhmi und erhob sich, um aus dem Fenster zu gucken. »Sie sehen ja, wie's hier drinnen aussieht und stellen Sie sich vor – ich war's nicht.«

»Geben Sie uns die Adresse Ihres Cousins?«, fragte Udo nun zielstrebig. In diesem Moment entdeckte Böhmi den Inselsheriff vor der Pension. Sie klopfte ungehalten an das Fenster und winkte. »Entschuldigung, ich habe jetzt keine Zeit.« Sie eilte der Polizistin entgegen, um wenig später mit ihr ins *Watt* zurückzukehren.

»Ach, Zeugen sind auch schon da«, schnaufte Frau Kunz und nahm ihren Polizeihut ab.

»Nein, nein«, Sonja hob abwehrend die Hände und lachte. »Wir haben nix gesehen, nix gehört.«

»Dann jetzt alle mal bitte vom Tatort entfernen, die hier nix gesehen und nix gehört, also auch nix verloren haben.« Sabina Kunz bemühte sich, Autorität auszustrahlen, was ihr auch gelang. Die Christiansens wichen eingeschüchtert rückwärts über die Türschwelle. Böhmi schloss die Tür.

Agathe erkannte das Fahrrad des Inselsheriffs auf Anhieb, dennoch rückte sie ihr goldfarbenes Brillengestell zurecht und sah genauer hin. Schließlich konnte sie Frank mit allergrößter Bestimmtheit versichern, dass das Rad am Gartenzaun vor der Pension der hiesigen Polizei gehörte. Obwohl auch Frank das Fahrrad wiedererkannte, rief er seiner vorauseilenden Oma hinterher: »Was soll die denn hier wollen?« Agathe blieb kurz stehen und drehte sich zu ihm um. »Hier ist gestern jemand unter mysteriösen Umständen ums Leben gekommen, ob euch das nun passt oder nicht.« Dann setzte sie ihren Weg unaufhaltsam fort.

»Ich persönlich kann an einem Herzinfarkt nichts Mysteriöses finden, Oma.« Frank war aus der Puste. Die letzten anderthalb Stunden war er mit seiner Großmutter auf der Suche nach einem verdächtigen Ehepaar über die Insel gejagt. Das Fahrrad beunruhigte ihn. Ein weiteres Mal würde seine spitzfindige Großmutter die Polizistin bestimmt nicht so ohne Weiteres davonkommen lassen.

»Entschuldigung!!« Ein hagerer Mann kam im Stechschritt auf sie zu. Er hob die Hand. »Entschuldigung!« Mit ausgebreiteten Armen, wie ein geschlossener Bahnübergang, blieb er vor Frank und Agathe stehen. Er schob seine Brille mit den sehr dicken schwarzen Rändern den Nasenrücken hoch. »Dürfte ich Ihnen zwei oder drei Fragen stellen?« Geräuschvoll pustete er seinen schlecht riechenden Atem aus.

»Es kommt wohl drauf an«, sagte Agathe und sah ungeduldig an ihm vorbei zum Fahrrad, das verheißungsvoll am Zaun lehnte.

»Ja, sicher«, nickte er. »Verzeihung. Mein Name ist Robert Hanselmann und ich bin … na ja, das tut eigentlich nichts zur Sache. Wohnen Sie hier?«

»Meistens reicht es, Robert Hanselmann zu sein?«, fragte Agathe ketzerisch. Verunsichert lachte der Herr und nickte, warum auch immer. »Ich bin auf der Suche nach einem Herrn Klausen.«

»Ah!« Frank begriff. »Der ist …«

»Kennen wir nicht«, drängelte sich Agathe barsch vor.

»Er hat hier ein Zimmer gemietet«, sagte der vermeintliche Hanselmann, den Frank als Annikas Freund Leopold identifiziert hatte. »Ein stabiler Herr, wirkt etwas ungepflegt. Vielleicht sind Sie ihm beim Frühstück begegnet?«

»Nein.«

»Nein?«

»Nein.« Agathe schüttelte entschieden den Kopf. Sie machte einen Schritt zur Seite. Den ging Hanselmann mit. Er hob die Handkante bis zu seiner Stirn.

»Also, er ist ungefähr so groß ...«

»Sie geben ja keine Ruhe!«, schimpfte Agathe. »Warum sind Sie sich so sicher, dass wir diesen Herrn gesehen haben?«

»Warum sind Sie sich so sicher, dass Sie ihn nicht gesehen haben?«, konterte Hanselmann schlagfertig und stieß drei rhythmische Ha-ha-has aus.

»Ich bin keinem stabilen, ungepflegten Herrn beim Frühstück begegnet.« Agathe zupfte an Franks Hemdärmel. »Komm!«

Frank konnte sich Agathes Abwehr nicht erklären. Er legte die Hand auf ihren Arm. »Aber, da war dieser ...«

»Frankie!« Agathe funkelte ihn an, als sei er schwer von Kapee. »Wir kennen den nicht.«

»Weil ...«, Robert Hanselmann trat nun näher an die alte Dame und beugte sich etwas zu ihr hinunter. Er sprach ganz leise. Fast nur ein Brummen war es: »Es ist nämlich so. Ich heiße gar nicht Robert Hanselmann.«

Frank schluckte. Wenn am Ende irgendein Hansel die Bombe frühzeitig platzen ließ, dann wäre das noch die beste Pointe der ganzen Geschichte. Aber der vermeintliche Hanselmann hatte nicht vor, die Bombe platzen zu lassen. Er schob seine zu große Brille wieder hoch und richtete sich auf.

»Meinen echten Namen kann ich Ihnen leider nicht verraten«, fuhr er in vertraulichem Ton fort. »Ich bin Privatdetektiv und ich habe Sie vorgestern Abend zusammen gesehen.«

»Privatdetektiv. Aha.« Agathe nickte. »Dann sollten Sie wissen, dass Herr Klausen hier nicht mehr anzutreffen ist.«

Hanselmann tat überrascht. »Was heißt das ›nicht mehr‹? Er sollte heute früh bei einem Bekannten auftauchen. Die wollten zusammen …, na ja, dazu kann ich keine genauere Angabe machen. Jedenfalls ist er bei diesem Bekannten nicht aufgetaucht.«

»Herr Klausen hatte gestern einen Herzinfarkt.« Agathe sah dem Detektiv fest in die Augen. Eine ganze Weile lang, in der Frank mit dem großen Knall rechnete: *Wollt ihr mich eigentlich alle auf den Arm nehmen? Ein Dicker mit einer Schatzkarte? Ein Bekannter mit dem er na ja … und ein Privatdetektiv auf dieser Insel? Ich bin alt, aber nicht plemplem.* Aber bei Agathe zündete nichts.

»Ach, deshalb habe ich ihn gestern nirgends angetroffen«, versuchte Robert Hanselmann seiner angeblichen Profession entsprechend schlau zu kombinieren. Und als würde er endlich eins und eins zusammenzählen, wiederholte er bedeutungsvoll: »Herzinfarkt, sagten Sie?«

Worauf Agathe in ebenso bedeutungsvollem Ton mit einer Gegenfrage antwortete: »Einen Bekannten wollte er treffen?«

Ob sie sich über den Detektiv lustig machte oder ihm zu verstehen geben wollte, dass sie den Zusammenhang zwischen dem einen und dem anderen sehr wohl erkannt hatte, konnte Frank nicht einschätzen. Mit großer Geste gab Hanselmann zu verstehen, dass er über diesen Bekannten wirklich nicht reden könne. Da bekäme er Ärger mit seinem Auftraggeber. Er scheute sich nicht, dick aufzutragen, zu dick für

Franks Geschmack, aber Agathe war völlig eingenommen. »Vielleicht hätte Ihr Auftraggeber gerne, dass Sie mal dem Inselarzt auf den Zahn fühlen«, sagte sie verschwörerisch.

»Ich verstehe nicht.«

»Ahhhhrg«, stöhnte Agathe, als könne sie nicht begreifen, wie sie einem Privatdetektiv so viele Schritte voraus sein konnte. »Der Doktor hat bei Klausen den Herzinfarkt diagnostiziert.« Sie hob den Zeigefinger, um Herrn Hanselmann darauf hinzuweisen, dass ihm jetzt ein Licht aufgehen sollte. Aber kurz vor der inneren Erleuchtung wurde die Unterhaltung durch die Polizistin unterbrochen. Sie trat aus der Pensionstür und stand im Sonnenlicht, als wäre ein Scheinwerfer auf sie gerichtet und die ganze Insel ihre Bühne. Sie genoss das Rampenlicht oder die Sonnenstrahlen. Frank war sicher, dass das durchs Rad bereits angekündigte Unheil nun nicht mehr aufzuhalten war. Agathe stürzte der Polizistin entgegen. »Was ist passiert?« Sie klang wie eine Oberbefehlshaberin, der Rechenschaft abzulegen war.

»Das möchte ich gerade herausfinden«, antwortete die Polizistin mit aller Gemächlichkeit, als könne man vollstes Vertrauen haben, dass hier nie jemand innerhalb von fünf Minuten die Segel setzte.

Agathe schnaubte verächtlich. Frau Kunz ließ sich davon jedoch nicht beeindrucken. Sie ging zu ihrem Fahrrad und zog es vom Zaun. Die Pedale hatte sich zwischen zwei Latten verfangen. Frau Kunz ruckelte kräftig und überging gekonnt den abgeplatzten Lack, den ihr Verhalten verschuldete.

»Du solltest mitschreiben«, wies Agathe ihren Enkel deutlich hörbar zurecht. Schließlich sei er Journalist und der Berichterstattung solcher Vorkommnisse verpflichtet.

»Wenn man von jedem Zimmer, in dem randaliert wurde, in der Zeitung lesen müsste.« Die Polizistin schmunzelte.

»Wo ist randaliert worden?« Agathe legte die Hand auf den Fahrradlenker. Das wiederum ging der Polizistin zu weit. Sie warf einen strengen Blick auf die Hand, die sie aufzuhalten versuchte. Agathe gab nicht nach und umklammerte die Stange, bis ihre Fingerknochen weiß wurden. »Gehe ich recht in der Annahme, dass in jenem Zimmer randaliert wurde, in dem der Herzinfarkt stattgefunden hat?«

»Keine Ahnung«, erwiderte die Polizistin, »ob in dem Zimmer schon mal ein Herzinfarkt *stattgefunden hat*. Würden Sie bitte ...«

Sie machte mit der Hand eine Geste, als wolle sie etwas Schweres beiseiteschieben.

»Die versemmelt's«, sagte Agathe wie zu sich selbst, aber laut genug, dass alle was davon hatten. Dann ließ sie von Frau Kunz' Fahrrad ab. Die Polizistin nutzte die Gelegenheit. Sie stellte einen Fuß auf die Pedale und gab ihrem Rad Anschwung. Behäbig wiegte sie auf den ersten Metern ihren Körper hin und her, wie ein großes Schiff bei hohem Wellengang. Agathe sah ihr entgeistert hinterher. Dann wandte sie sich an den vermeintlichen Privatdetektiv: »Sie müssen mir helfen.«

»In Ordnung.« Verunsichert schaute der angeheuerte Detektiv zu Frank.

»Dann ran an die Arbeit«, freute sich Agathe. »Zuerst noch mal zum Onkel Doktor. Begleiten Sie mich?«

Robert Hanselmann sah auf sein Handgelenk, was lächerlich war, weil er keine Uhr trug. »Ach, jetzt gleich? Ich muss … ich habe noch …«

»Nee, Oma, und du auch nicht jetzt.« Frank schob seine Großmutter Richtung Pension, vor der ein paar Leute stehen geblieben waren und bereits den Buschfunk aktiviert hatten. Es fielen die Worte Einbruch, Vandalismus und Schutzgelderpressung.

»Du bist neunzig«, erinnerte Frank, »und da braucht man ab und zu mal ein Päuschen.«

Agathes Blick verfinsterte sich. »Ich ziehe es vor, tunlichst alle unnötigen Päuschen vor der ganz großen Pause zu vermeiden.«

Robert legte die Handflächen aneinander und ging etwas in die Knie. »Vielleicht können wir später …, wenn Sie mir Ihre Nummer … oder ich Ihnen meine … also, so wie ich das einschätze, steht ja Ihre ganz große Pause noch nicht unmittelbar …«

Mürrisch schrieb Agathe die Nummer des Privatdetektivs in ihr Adressbuch und schwor hoch und heilig, ihn später anzurufen.

Udo, Sonja und Hermann standen am Tresen und überlegten, ob es eine Verbindung zwischen dem Vorfall im oberen Stockwerk und der Tatsache, dass Klausen der Geldübergabe ferngeblieben war, geben konnte. Ihre Überlegungen wurden von der jungen Berliner Tresenkraft unterbrochen, die ihren Gästen zum Pils auch eine Geschichte aus ihrem Werdegang servierte. Ein Burn-out habe sie vor zwei Jahren auf die Insel verschlagen. Wobei sie nicht sagen könne, was das Burn-out ausgelöst hatte. »Eines Morgens bin ich aufgewacht und habe gedacht, das ist mir jetzt alles irgendwie zu viel. Und dieser Gedanke ging nicht mehr weg, und das Einzige, was wirklich belastend war, war eigentlich nur dieser Gedanke.«

»Habt ihr die Polizistin gesehen?«, störte Agathe die Lebensbeichte der Bedienung und bestellte: »Ein Likörchen bitte.«

Die verdutzte Kellnerin wischte sich die Hände an ihrer Hose ab und griff hinter sich ins Regal, wo sich ein kleines Bataillon an Hochprozentigem befand. »Sie auch?«, fragte sie Frank, der ebenfalls an den Tresen getreten war. Frank deutete auf das Bierglas seines Vaters.

»Hier soll randaliert worden sein«, sagte Agathe und versuchte, auf den Barhocker neben Sonja zu klettern, was ihr nicht gelang. »In Klausens Zimmer oben.« Sie rückte den Hocker zur Seite und stellte sich zwischen ihre Söhne, die schweigend ihre Gläser drehten. Hermann, Udo und Sonja wussten, dass man vorgetäuschte und echte Verbrechen jetzt keinesfalls vermischen durfte. Von echten strafrechtlichen Vergehen war Agathe unbedingt fernzuhalten.

»Ach so, beim Klausen oben, echt?« Sonja war um eine angemessenere Reaktion bestrebt, damit ihre Schwiegermutter keinen Verdacht schöpfte. Es war nicht leicht, dafür den richtigen Ton zu treffen. Sie wollte nicht gleichgültig klingen, aber erst recht nicht so, dass Agathe sich berufen fühlte, alle Hebel und ihre künstliche Hüfte in Bewegung zu setzen, um jegliche Ganoven dieser Insel dingfest zu machen.

Agathe griff nach dem servierten Likör, trank auf ex, stellte das leere Glas zurück auf den Tresen und ging.

Udo leckte sich Bierschaum von der Oberlippe und machte eine unmissverständliche Kopfbewegung. Frank stieß eine leise Verfluchung aus und eilte Agathe hinterher. Die zeigte sich weniger folgsam. Statt des verordneten Päuschens stapfte sie die Treppen hinauf, geradewegs in das erste Stockwerk, wo Böhmi die *Watt*-Tür abschloss.

»Ist das das Zimmer, in dem randaliert wurde?« Agathe stand kerzengerade wie ein Ausrufezeichen.

»Randaliert ist gut.« Böhmi schnaubte. »Man könnte auch sagen, es wurde eingebrochen.«

»Eingebrochen?« Agathes Stimme rutschte in eine ungewöhnlich hohe Tonlage. Nach einem Räuspern fasste sie die Faktenlage zusammen, während sie in ihrer nur ziegelsteingroßen Handtasche nach einem Bonbon kramte. »Ein Herzinfarkt und ein Einbruch in ein und demselben Zimmer innerhalb von ...?« Sie schaute auf ihre klobige Uhr. Während die meisten Damen ihres Alters etwas Grazileres um ihr Handgelenk tragen, bevorzugte Agathe ein wasserdichtes, stoßfestes Modell in Schweizer Qualität mit integrierter Taschenlampe und Kompass. Timmy war ziemlich scharf auf diese Uhr. Böhmi wartete die Stundenberechnung nicht ab. »Ich habe jetzt keine Zeit für Ihren Zirkus«, sagte sie und dampfte ab.

»Zirkus«, wiederholte Agathe verwundert und rüttelte an Klausens Zimmertür. Die blieb verschlossen. Frank drehte seine Großmutter Richtung Treppe. »Päuschen«, sagte er und schnalzte mit der Zunge. Agathe streifte seine Hand von ihrem Oberarm. »In zwanzig Minuten ruf ich meinen Detektiv an«, sagte sie. Auf dem Treppenabsatz blieb sie stehen und drehte sich noch mal zum Tatort um. »Findest du es nicht komisch, dass man ein Zimmer, in das gerade erst eingebrochen wurde, problemlos abschließen kann?«, fragte sie. Frank schob die Unterlippe vor und nickte.

Nachdem er seine Großmutter auf ihr Zimmer gebracht und Annikas Freund, den Hanselmann, gebeten hatte, sein Handy für den Rest des Tages auszuschalten, kehrte er zu den anderen an den Tresen zurück. Dort gab die Bedienung nun die Geschichte ihres Kreuz-von-Efeu-umrankt-Tattoos zum Besten. Sie habe schon immer Friedhöfe gemocht und sei bereits als kleines Mädchen richtig morbide drauf gewesen. Vor drei Jahren habe sie jemanden kennengelernt, der einen Tätowierschuppen besaß. »Er wollte Kinder mit mir, und ich habe gesagt, er solle mir erst mal ein Tattoo machen.«

Udo, Hermann und Sonja lächelten höflich. Frank gab sich keinerlei Mühe, seine Übellaunigkeit zu verbergen, so dass sich sogar die Bedienung diskret abwandte, als sie es endlich bemerkte. Frank legte die Unterarme auf den Tresen. »Dass ich in diesem Zirkus, wie Frau Böhm-Lauterbach das gerade ganz richtig genannt hat, allein in der Manege stehen muss, während ihr Urlaub macht, obwohl nichts nach Plan läuft und jeder Clown auftaucht oder nicht auftaucht, wie und wann er lustig ist, das war so nicht abgemacht.« Er atmete schwer ein. »Und womöglich habt ihr einfach vergessen, mich über den fingierten *Einbruch* zu informieren!?«

»Nein.« Zumindest diesem Punkt konnte Sonja widersprechen. »Der Einbruch hat nichts mit uns zu tun.«

»Und das soll auch so bleiben«, schob Hermann hinterher. Ungläubig tippte sich Frank an die Schläfe. »Da ist jetzt nicht wirklich eingebrochen worden?«

Stumm starrten die anderen drei vor sich hin, was die Bedienung dazu motivierte, erneut auf ihre morbide Ader und einen beziehungsweise keinen Kinderwunsch zurückzukommen. Sie wollte noch loswerden, dass sie trotz oder gerade wegen ihrer Faszination für Friedhöfe dem Leben an sich gegenüber recht positiv eingestellt sei und auch nicht finde, dass man das Modell menschliche Existenz ganz auslaufen lassen sollte, sie selbst sei nicht abgebrüht genug, um ihr Kind der aufkommenden Wut der Natur auszuliefern. »Ich meine, noch zwitschern draußen zwar die Vögel …«, Christiansens sahen zu den geschlossenen Fenstern. Vögel konnte man nicht hören, aber sehen, wie die Maisonne, vom leichten Wind vorwärtsgeschoben, langsam über die Wiese glitt. Die Bedienung brachte den Satz nicht zu Ende. »Mein Typ wird verlangt«, entschuldigte sie sich.

»Habt ihr diese Leute gefunden?«, erkundigte sich Udo.

Frank hielt eine Reaktion auf die Frage für überflüssig. Er schaute demonstrativ weiter aus dem Fenster, hinter dem *noch* die Vögel zwitscherten.

»Seltsam ist dieses Gespräch, das Agathe über einen Goldschatz gehört haben will, aber doch.« Sonja legte ihrem Neffen versöhnlich die Hand auf den Rücken. Über die belauschte Unterhaltung hatte er sich auch schon Gedanken gemacht. Er gönnte sich noch einen Moment, bevor er seine Vermutung äußerte: »Wahrscheinlich hat sich jemand über den Wikingergoldschatz unterhalten, den echten. Böhmi hat uns davon erzählt. Der liegt im Stralsunder Museum. Da hat Miss Marple bestimmt etwas durcheinandergebracht.«

Die anderen hielten das für möglich. Jedem war in den letzten Monaten aufgefallen, dass Agathes Hörvermögen nachließ. Vielleicht war das ihre neue Taktik gegen die schwindende Aufmerksamkeit. Immer wenn die Familie anfing, sich seltener blicken zu lassen, griff sie in die Trickkiste. Einmal wollte sie zwei Hunde adoptieren, was zahlreiche Besuche der Familienmitglieder erforderlich machte, um ihr das Unterfangen auszureden. Nicht weniger Besuche verursachte eine einsetzende Altersdepression, die sich am Ende nur als Langeweile erwies. Und nun, dachte man eben, fing sie an, schwer zu hören, so dass man alles doppelt und dreifach laut und langsam sagen musste, was Unterhaltungen und Besuche naturgemäß in die Länge zog. Vielleicht war das aber gar nicht vorgetäuscht und Agathe baute wirklich ab.

»Die Verwandlung von einer alten Dame in eine Greisin dauert nur wenige Monate«, hatte Sonja kürzlich in einem Magazin gelesen. »Vielleicht haben wir was verpasst.«

Schuldbewusst senkten die Brüder die Köpfe und wischten sich über die Hosen.

»Abbruch?«, fragte Hermann kleinlaut.

Sonja schüttelte den Kopf. Ihrer Meinung nach sprachen mindestens zwei Argumente gegen den Abbruch. »Erstens«, sie streckte ihren Daumen hoch. »Agathe ist beschäftigt, und das ist gut so. Beschäftigungen sind das A und O in dem Alter. Wenn sie sich nicht mit irgendwas beschäftigt, fällt ihr bestimmt sofort auf, dass der Blutzucker nicht ganz stimmt oder die andere Hüfte mittlerweile auch verschlissen ist, so dass sie theoretisch humpeln müsste. Und dann humpelt sie hier unterzuckert rum und fängt wieder mit den Hunden an. Das kann nicht Sinn der Sache sein. Und zweitens«, Sonja nahm den Zeigefinger dazu, »was, wenn sie deine Geschenkidee nur halb so lustig findet wie wir und sich einfach nur veräppelt fühlt. Diese Gefahr ist weitaus geringer, wenn sie am Ende mit einem Erfolgserlebnis dasteht.«

»Wieso ist das plötzlich *meine* Geschenkidee?«, wunderte sich Udo. »Ihr habt doch …«

»Wichtig ist jetzt bloß, dass die Dinge sich nicht vermischen«, fuhr Sonja fort. Sie zog den Inselplan aus der Hosentasche, den sie seit der Ankunft bei sich trug. »Einbruch sollte Einbruch bleiben und Geburtstagsgeschenk Geburtstagsgeschenk.« Sie ließ sich von der Kellnerin Papier und Kugelschreiber geben. Dann legte sie den auseinandergefalteten Plan zur Orientierung neben das leere Blatt. Sie begann, eifrig Striche auf das Papier zu zeichnen. Wege sollten das sein. Die Männer schauten ihr, vom frühen Bier ermattet, dabei zu. Zum Schluss malte Sonja ein Kreuz, das sie mehrfach nachzeichnete. SCHATZ, schrieb sie darunter. »Wenn sich der Kartenleser oder besser gesagt, die Kartenleserin nicht allzu doof anstellt, endet sie am Hafen!« Zufrieden hielt Sonja ihr fertiges Werk in die Luft. »Das können unsere Enkel nachher irgendwo hübsch drapieren, und wenn Agathe das dann gefunden hat, wird sie den

Einbruch hintanstellen. Eine Schatzkarte ist doch spannender als ein durchwühltes Zimmer, nein?«

»Doch!« Voller Stolz auf seine Frau ließ sich Hermann zu einem unerwarteten Kuss auf die Stirn hinreißen. Unberührt von Sonjas Motivationsschub gab Udo zu bedenken, dass das den ganzen Plan durcheinanderbrachte.

»Ist doch egal«, fand Sonja. »Hauptsache, sie hat erst mal zu tun und hält sich von Einbrechern fern.«

Frank öffnete zum dritten Mal an diesem Tag die Wetter-App, obwohl ein Blick in den strahlend blauen Himmel mitnichten einen Wetterumschwung vermuten ließ. Er hatte Appetit auf Kekse.

Eine halbe Stunde später klopfte Frank an Agathes Zimmer. Sie redete schon mit ihm, bevor sie die Tür ganz geöffnet hatte, so dass Frank den Anfang ihrer Beschwerde verpasste und sich zusammenreimen musste, was seine Großmutter so aufbrachte. Sie schlug ihr Seniorenhandy unsanft auf die Tischkante. Auf diese Weise hatte sie in neun Jahrzehnten schon viele Dinge reparieren können. Jetzt schien sie damit nicht erfolgreich zu sein. »Teilnehmer nicht erreichbar«, schimpfte sie und sah das Telefon verärgert an. »Ist das denn die Möglichkeit?«

»Vielleicht ist der Detektiv zu feige, um mit einer alten Dame auf Gangsterjagd zu gehen.« Frank legte kumpelhaft den Arm um seine Oma. »Obwohl man mit dir natürlich prima Gangster jagen kann.«

Agathe war so zerknirscht, dass sie noch faltiger aussah als ohnehin. Zeit ihres Lebens hatte sie versucht, unabhängig zu sein, was ihr nicht in allen Lebensbereichen gelungen war. Vor allem von ihren Charakterschwächen hatte sie sich für ihren Geschmack viel zu lange herumkommandieren lassen. Und natürlich von der Liebe, aber da ging es ihr sicher nicht anders als allen anderen Menschen. Jedenfalls hatte sie nicht vor, ihr Ermittlungsglück von einem Detektiv mit Hasenherz abhängig zu machen, und beschloss, sich ohne ihn weiter umzusehen. Sie war felsenfest davon überzeugt, dass der *unfähigen Polizistin* das ein oder andere Beweisstück durchgerutscht war, denn wo gehobelt wird, da fallen bekanntlich Späne, oder anders gesagt: Wo eingebrochen und randaliert wurde, da *musste* es Spuren geben, die zu einem Täter führten. Frank ermutigte Agathe zum weiteren Herumspionieren. Er ging davon aus, dass weder Zigarettenkippen, Haarbüschel, Taschentücher oder Kreditkarten, mit denen man Türen geöffnet haben konnte, noch andere verdächtige Gegenstände einfach so in der Pension herumlagen. Und auch einen DNA-Abgleich würde Agathe nicht zeitnah in Auftrag geben können. Für wahrscheinlicher hielt er, dass sie die von Timmy und Tabea versteckte Schatzkarte fand und, wie von Sonja prophezeit, den Weg zum SCHATZ verfolgte, das heißt: einen harmlosen Spaziergang zum Hafen unternahm.

Agathe strich sich den Rock glatt. »Im Namen der Gerechtigkeit«, sagte sie.

Im Namen der Gerechtigkeit und weil sich Agathe wegen Unfähigkeit der einzigen Polizistin auf der Insel berufen fühlte, schlichen Oma und Enkel wieder durch die Pension. Agathe setzte erst einmal auf die Zeugenbefragung. Die Berlinerin hinter dem Tresen sollte bitte erklären, wie es sein könne, dass ein Fremder unbemerkt da oben in einem Zimmer herumrumpelte, während hier etliche Gäste zu Mittag aßen und angeblich nichts davon mitbekamen. Agathe fragte das in solch vorwurfsvollem Ton, dass die Bedienung gar nicht einsah, sich vor dieser alten Frau zu rechtfertigen, die das alles, wenn man ganz ehrlich war, überhaupt nichts anging. Agathe schob den Misserfolg ihrem Enkel in die Schuhe. Franks Verlegenheit und seine demoralisierende Ausstrahlung würden sie ablenken, dass er ständig so schwer atmend hinter ihr stand, unter Druck setzen. Somit gab sie ihm für den Rest des Tages frei.

IV

Am nächsten Morgen beeilte sich Agathe, die Schatzkarte unauffällig unter dem Frühstückstisch verschwinden zu lassen. Aber Timmy und Tabea hatten ihre Uroma sofort durchschaut. Jeder Kriminalpolizeianfänger guckte früher oder später in die Mülltonnen. So auch Agathe, als ihr am gestrigen Abend die Tonnen endlich noch siedend heiß eingefallen waren.

»Was versteckst du denn da?«, fragte Tabea scheinheilig und guckte Agathe über die Schulter.

»Nichts«, log die, »ich mache mir nur ein paar Notizen wegen des Testamentes.«

»Was ist ein Testoment?«, wollte Timmy auf der anderen Seite der Schulter wissen, und seine Schwester verbesserte ihn auf ihre charmante Art: »Testament heißt das, du Pfosten! Sie schreibt auf, wer was kriegt, wenn sie stirbt.«

»Tabea!«, mahnte Thomas, der gerade den Frühstücksraum betreten und die Worte seiner Tochter gehört hatte.

»Was denn?«, fragte Tabea genervt.

»Und was kriege ich, wenn du tot bist?«, wollte Timmy daraufhin kaum weniger feinfühlig wissen.

Agathe rollte das Papier auf ihrem Schoß zusammen. Um ganz sicherzugehen, dass sich niemand weitergehend für ihr neues Heiligtum interessierte, startete sie ein Ablenkungsmanöver, das sich gewaschen hatte. »Du kannst dir nach meinem Ableben von deiner Mutter meine Kette aushändigen lassen, falls sie sie damals nicht ins Pfandhaus gebracht hat.«

Annika riss die Augen auf und hielt den Atem an. Thomas wagte nicht, seine Frau anzusehen. Er starrte auf das aufgesperrte Hechtmaul an der Wand.

»Ich will lieber deine Uhr«, gab Timmy zu. Seine Schwester schubste ihn vorwärts und sagte, dass sie sich jetzt erst mal mit ein paar dieser kleinen Nutella-Packungen versorgen müssten, bevor irgendwann alle tot seien. Sie wusste genau, dass Annika strikte Gegnerin dieser Nutella-Packungen war, zu viel Zucker und zu viel Verpackungsmüll; aber Tabea war nicht entgangen, dass ihre Mutter unter Schock stand, handlungsunfähig, um ein Nutella-Hortungs-Vorhaben zu durchkreuzen. Agathe machte indes einen ganz zufriedenen Eindruck. Beschwingt nahezu, wedelte sie mit ihrer Papierrolle einer Fliege hinterher. Annika hielt sich kurz an die Möglichkeit, sie könne sich aufgrund ihres schuldbeladenen Bewusstseins Agathes Bemerkung nur eingebildet haben, aber Thomas' verkrampfte Haltung machte diese Hoffnung zunichte. Agathe drückte sich von ihrem Stuhl hoch. Ein Tischbein knackte. Timmy hielt das für Agathes Knochen und konnte sich ein »Ih!« nicht verkneifen. Sie werde jetzt einen Morgenspaziergang unternehmen, verkündete Agathe. Und beste Grüße an Frank, sie komme heute vorerst allein klar. Er solle sich entspannen, er habe so erschöpft gewirkt die letzten Tage. Vielleicht hätte er Lust, sich den Leuchtturm anzuschauen, nur deshalb führe man schließlich an Orte wie diese. Sie selbst habe ihr Soll an Leuchttürmen schon vor fünf Jahrzehnten erfüllt. Agathe fegte Krümel vom Tischtuch und ging, ohne sich nach ihrer schwer angezählten Enkelin und den raffgierigen Nutella-Hamstern umzudrehen.

Kaum beunruhigt darüber, dass Agathe mit einer Schatzkarte losgezogen war, ließen sich die Christiansens das Frühstück schmecken und bedienten sich reichlich. Nur Annika knabberte an einem Apfel, so wie das schlechte Gewissen an ihr. Thomas versuchte, seine Frau aufzumuntern. »Ist doch witzig, dass sie das die ganze Zeit wusste.« Annika konnte daran beim besten Willen nichts Lustiges finden. Auch ihre Kinder spürten ihre Anspannung und verzichteten vorerst darauf, Anklage wegen Lügens und Stehlens zu erheben. Man konnte aber Gift drauf nehmen, dass sie später mit viel Enthusiasmus auf das Fehlverhalten ihrer Mutter zurückkommen würden.

Udo ereilte während des Frühstücks plötzlich so ein Gefühl, dass Klausen ›übermorgen, gleicher Ort, gleiche Zeit‹ gesagt haben könnte. Er beschloss, zur Sicherheit noch mal zum Kiosk zu fahren. Etwas Besseres fiel ihm sowieso nicht ein. Obwohl Sonja und Hermann ein »Übermorgen« für ausgeschlossen hielten, wollten sie ihn begleiten. Auch sie hatten, nachdem sie kurz drüber nachgedacht hatten, nichts Besseres vor. Vielleicht ergab sich ein passender Moment für die Mallorca-Sache. Außerdem waren Programmpunkte in einem Familienurlaub das A und O, um die Moral hochzuhalten. Vor Ort konnte man dann bestimmt gleich zum nächsten Programmpunkt übergehen, dem Mittagessen. Es war ja auch vollkommen egal, wo man sich auf der Insel befand, ob man hierhin radelte oder dorthin spazierte – man kam nicht weit, und schön war es überall.

So begaben sich einige Familienmitglieder auf den aussichtslosen Weg, die 250 Euro bei Klausen doch noch loszuwerden, bevor ihm Agathe über den Weg lief. Sogar Frank hatte sich zum Radfahren nötigen lassen. Der Hügel, auf dem der Leuchtturm thronte, verhieß einen beschwerlichen Anstieg, deshalb zog er es vor, sich an dessen Anblick aus der Ferne zu ergötzen. Trotz der Freiwilligkeit, die dieser Aktion zugrunde lag, konnte Frank nicht anders, als sich unentwegt zu fragen, was zum Teufel ihn hier geritten hatte. Er hätte einen Spaziergang mit Agathe sowohl dem Leuchtturm als auch dieser Radfahrerei vorgezogen, wenn sie an diesem Morgen nicht vor ihm geflüchtet wäre.

Unterwegs wurde Udo sich immer sicherer, dass Klausen »übermorgen« gesagt hatte, und wenn es so etwas gibt wie einen Glauben, der Berge versetzen kann, dann hätte Udos Überzeugung Klausen jetzt vor diesen Kiosk setzen müssen. Aber: keine Spur von Klausen. Wie eine kleine Schafherde standen die Christiansens mit ihren Rädern am Zielort und guckten sich bedröppelt an. »Tja«, sagte Udo. Und dann sprang dieses Tja von Mund zu Mund. Was nun? Die Geldübergabe fiel aus, und für den nächsten Programmpunkt, Mittagessen, war es noch viel zu früh. Auch der Programmpunkt *Agathe* war mit Sicherheit noch nicht am Hafen in Empfang zu nehmen.

»Ey, macht mal Platz.« Ein aggressives Fahrradklingeln ließ die Christiansens erschrocken herumfahren. Sie griffen hinter sich an die Sattelstützen und hievten sich samt Rädern zur Seite. Mit einer Vollbremsung und einer beachtlichen Bremsspur kam ein Halbwüchsiger vor ihnen zum Stehen. »Ihr seid voll im Weg, Mann.«

Sie schätzten ihn auf zwölf oder dreizehn. Seine Haut war blass. Das war keiner, der seine Freizeit auf Fußballplätzen verbrachte.

»Du kommst doch hier wunderbar vorbei.« Thomas machte eine ausladende Geste.

Der Junge kniff die Augen etwas zusammen und legte den Kopf schief. »Sagt mal, seid ihr nicht diese Truppe aus der *Sanddornhütte* mit der Omma?«

Die Christiansens sahen sich fragend an. Waren sie diese Truppe aus der *Sanddornhütte* mit der Omma? Könnte sein.

»Wir wohnen da, ja. Warum?«

Sonja bemühte sich, freundlich zu sein. Sie hatte sich neulich einen Ratschlag aus einem Magazin zu Herzen genommen, der lautete: Man muss immer offen für einen Dialog bleiben, sonst radikalisieren sich die Leute. Der Junge schien ihr nicht gut aufgelegt, da wollte sie nicht gleich für verhärtete Fronten sorgen.

»Ihr habt doch was mit Burkhard zu schaffen. Hat er mir erzählt. Dass da so 'ne family kommt und so 'ne Aktion hier macht für die Omma, wegen Geburtstag oder so, und er so'n Klaus Klausen spielen soll. Aber seit ihr da seid, ist Burkhard abgetaucht. An Zufälle glaub ich nicht. Ihr steckt mit dem unter einer Decke, stimmt's?«

»Was meinst du denn mit ›mit ihm unter einer Decke stecken‹?«, fragte Udo ernsthaft interessiert.

»Keine Ahnung, Digga, aber ihr habt irgend 'ne Abmachung mit ihm und jetzt ist er weg. Das Problem: Ich habe auch 'ne Abmachung mit ihm.«

»Da können wir dir leider nicht helfen. Mit deinen Abmachungen mit Burkhard haben wir nichts zu tun. Bei uns ging es um etwas Privates, bloß einen kleinen Gag«, erklärte Frank.

»Der Typ schuldet mir was«, sagte der Kleinganove.

»Und was?« Udo wusste selbst, dass ihn das nichts anging, aber er erhoffte sich einen Hinweis auf Burkhards alias Klausens Verschwinden. »250 Kröten?«

»Hat euch nichts anzugehen, was der mir schuldet. Ihr mischt euch ganz schön in anderer Leute Angelegenheiten ein. Und pfeift mal eure Omma zurück. Die geht meinen Eltern ziemlich auf den Sack.«

»Na, na, na«, machte Thomas.

»Was hat Agathe denn mit deinen Eltern zu tun?«, fragte Sonja.

»Sie schnüffelt ihnen hinterher. Das können die gar nicht leiden.«

»Entschuldige mal bitte, wir kennen deine Eltern überhaupt nicht«, sagte Sonja entrüstet. »Vielleicht verwechselst du hier was, junger Mann!?«

»Und ihr wollt meine Eltern auch lieber nicht kennenlernen«, drohte der Junge prompt. »Ich bin hier nur in den Ferien. Eigentlich komm ich aus Berlin und da hab ich auf'm Schulhof gelernt, wie man mit Typen umgeht, deren Fressen einem nicht passen. Ihr habt doch auch Kinder im Team, oder?«

»Treib's nicht zu weit, du kleine Hackfresse.« Frank erschrak über Thomas' Ausfälligkeit. Der Junge wurde noch blasser. Bevor er sein Fahrrad wieder bestieg, sagte er: »Lasst uns in Ruhe. Und wenn Burkhard sich bei euch meldet. Schönen Gruß, er soll anrufen, wenn ihm sein Leben lieb ist.« Dann spuckte er aus und radelte davon. Perplex schauten ihm die anderen hinterher.

»Wenn ihm sein Leben lieb ist«, äffte Frank ihn nach.

»Liegt's an mir oder läuft hier inzwischen was grundlegend falsch?«, wollte Thomas wissen.

»Grundlegend falsch«, bestätigte Frank sofort. Sonja verzog bedauernd den Mund und streichelte ihrem Schwager mitleidig den Oberarm. »Aber die Idee war schön, Udo.«

»Abbruch?«, fragte Hermann.

Alle Blicke richteten sich auf Sonja. Sie genoss diesen machtvollen und zugleich demütigen Moment. Bedächtig hob sie an: »Ich habe das Gefühl, Agathe ist an die Falschen geraten. Und wir kennen sie ja. Wenn sie erst mal jemanden auf dem Kieker hat … Ich denke, wir sollten ihr reinen Wein einschenken. Ihr habt recht, es läuft grundlegend falsch.«

Annika und die Kinder waren beinahe zeitgleich mit den anderen zurück in die Pension gekehrt. Tabea streckte den Arm über den Tisch und öffnete vorsichtig die Faust. Auf ihrer Handfläche lagen ein paar kleine Steine. »Bernsteine«, sagte Timmy. Opa Hermann schüttelte den Kopf. »Das sind keine Bernsteine.«

Davon ließ sich Tabea nicht beeindrucken. »Mama hat gegoogelt, dass die gerade wertvoller sind als Gold.«

»Dann müsst ihr aber auch Chinesen finden, die sie euch abkaufen«, sagte Thomas.

»Und es müssten überhaupt erst mal Bernsteine sein.« Hermann sah überhaupt nicht ein, den Kindern irgendwas vorzugaukeln. Mit falschen Schätzen sollte jetzt Schluss sein. In Erwartung, diesbezüglich auch Agathe reinen Wein einzuschenken, saß man gemütlich zusammen auf der Terrasse der *Sanddornhütte*. Mittagessen stand auf dem Programm. Als Böhmi, merklich erholt und besser gelaunt, die ersten Teller brachte, schnappte sich Hermann einen der Steine und hielt ihn ihr hin. »Das ist doch kein Bernstein, oder?«

Die Dame des Hauses reagierte besonnener und freundlicher, als man sie in den letzten zwei Tagen erlebt hatte. Sie riet den Kindern, die Fundstücke vom Bernsteinexperten beurteilen zu lassen, und beschrieb ihnen den Weg zu dessen Werkstatt.

»Siehst du«, sagte Tabea triumphierend zu ihrem Opa, als wäre das allein schon ein Beweis für die Echtheit der Steine. Hermann nuschelte, dass man hier wahrscheinlich jeden zum Bernsteinexperten schickte, wenn der Tag lang und man bereits im Fischereimuseum gewesen war. Sonja tadelte ihn, er solle nicht immer in seinen nicht vorhandenen Bart murmeln. Und das Fischereimuseum sei eine schöne Idee für morgen.

Nun fiel es auch Böhmi auf: »Wo ist denn Ihre Mutter?«

»Die, ähm«, Udo sah sich um. Hermann holte Luft, Thomas und Frank ebenfalls, so war es Annika, die versuchte, die Situation zu erklären: »Die hat heute mal ein bisschen allein Auslauf.«

Böhmi freute sich über die Formulierung und ging »den Rest holen«. Sonja tippte auf Wechseljahre, die der Wirtin ein hormonell bedingtes Auf und Ab der Launen bescherten. Aber Böhmi hatte natürlich eine berechtigte Frage gestellt: Wo blieb eigentlich Agathe? Udo hatte die Fischer gebeten, Bescheid zu geben, sobald Agathe am Hafen aufkreuzte. Bisher hatte sich niemand bei ihm gemeldet. Eine telefonische Nachfrage brachte Gewissheit: Agathe war am Kreuz noch nicht aufgetaucht. Frank rief seine Oma auf ihrem Seniorenhandy an, erfolglos. Blieb noch Annikas Freund Leopold, bei dem Agathe vielleicht detektivischen Beistand suchte.

»Hat Oma sich verlaufen oder was ist euer Problem?«, wollte Tabea wissen.

»Quatsch!«, sagte Annika und wählte die Nummer ihres

Freundes. Überraschenderweise nahm Leopold den Anruf entgegen. »Heyyyy, Annika?«

»Du, ich wollt mal hören ..., also mein Cousin hat gesagt, dass du vielleicht mit meiner Oma auf Schatzsuche bist.«

»Nö«, sagte Leopold. »Ich hatte gestern Abend mein Handy aus. Seitdem habe ich nichts mehr von ihr gehört. Sag mal, wie machen wir das denn mit den 50 Euro? Kannst du mir die überweisen?«

»Äh, ach so, klar. Können wir so machen. Aber gesehen hast du sie heute nicht?«

»Nee. Bin heute noch nicht mal dazu gekommen, aus dem Fenster zu gucken. Hast du Lust und Zeit für einen Kaffee, bevor du fährst?«

»Ich melde mich«, versprach Annika, obwohl ihr klar war, dass das nicht in Frage kam. Im Urlaub hatte sie für freundschaftliches Kaffeetrinken selten Zeit. Da hatte sie meistens Kinder und einen Mann.

»Also hat sie sich doch verlaufen«, kombinierte Tabea, nachdem ihre Mutter das Handy wieder zur Seite gelegt hatte.

»Jetzt hör bitte auf zu nerven.« Thomas zog Tabeas Teller näher an die Tischkante. »Und iss mal was!«

Auch die anderen fühlten sich aufgefordert und fingen an, die Gabeln unter die Kartoffeln zu schieben. Die Vögel waren verstummt. Vielleicht lauschten sie dem Cellokonzert, das aus der geöffneten Tür des Nachbarhauses drang. Das Essen schmeckte nicht. Es war nicht klar, ob das an zu viel Salz oder an der aufgekommenen Stimmung lag, nachdem Annika ihren Verdacht geäußert hatte, dass es vielleicht nicht die allerbeste Idee gewesen war, Agathe mit einer schlecht lesbaren Schatzkarte loszuziehen zu lassen. Woraufhin Sonja noch recht arglos nachfragte, wer denn sage, dass die Karte schlecht lesbar sei. »Udo«, antwortete Annika kauend. Udo hielt kurz inne und erwiderte mit vollem Mund, dass er das so garantiert nicht gesagt habe.

»Aber gemeint«, verteidigte sich Annika.

»Mhm«, murrte Hermann, woraufhin Udo ein giftiges »mhm!« in Richtung seines Bruders zurückgab und Sonja sich gezwungen sah, darauf hinzuweisen, dass die ganze Sache ja nicht auf ihrem Mist gewachsen sei. »Das in der Tat nicht«, gab Udo zu, »aber wer hat sich denn geweigert, die Geschichte rechtzeitig aufzulösen, und wollte Agathe stattdessen lieber auf Schatzsuche schicken?« Sonja, die sich angesprochen fühlte, rechtfertigte sich, dass sie Agathe jedenfalls heute früh nicht erlaubt habe, allein loszuziehen. Sie schaute Frank an. Der war mit einer Gräte beschäftigt, die er in seinem Mund nicht richtig lokalisieren konnte. Als es ihm endlich gelungen war, sie von seiner Zunge zu zupfen, beschloss er, sich in Agathes Zimmer umzusehen, statt sich am Herumreichen von Vorwürfen zu beteiligen. Er bat Böhmi um den Zweitschlüssel. Ganz einverstanden war die Gastgeberin zuerst nicht. Leichtfertig wollte sie keine Zweitschlüssel rausrücken. Da sollte es sich ihrer Meinung nach schon um etwas Dringliches handeln. Frank vertraute Böhmi an, dass niemand wisse, wo sich seine Großmutter seit dem Frühstück herumtrieb. Er wolle einen Blick in ihr Zimmer werfen, zur Sicherheit, dass sie dort nicht hilflos lag, wie das mit uralten Menschen manchmal so endet.

»Überredet«, sagte Böhmi. Dass es mit einer Neunzigjährigen in ihrer Pension auf diese Weise endete, hätte ihr gerade noch gefehlt. Da wollte sie kein Risiko eingehen. Sie händigte Frank den Schlüssel aus. Falls es Probleme gäbe, wollte sie bitte umgehend benachrichtigt werden. Das Problem war keine hilflose Agathe, die neben dem Bett lag und aus eigener Kraft nicht wieder hochkam. Damit hatte Frank auch nicht gerechnet. Es war ihm klar, dass sich seine Oma zu diesem Zeitpunkt niemals hilflos auf den Boden eines Pensionszimmers legen würde, nicht nachdem sie in unmittelbarer Nähe gerade erst eine Schatzkarte gefunden hatte. Das Problem war vielmehr, dass Agathe schon wieder ohne ihr Telefon unterwegs und nicht zu erreichen war. Das Seniorenhandy mit den großen Tasten lag auf dem Nachttisch. Frank musste den Koffer beiseiteschieben, um an das Telefon zu gelangen. Das Display zeigte vier verpasste Anrufe, dreimal Franks Nummer und eine ihm unbekannte. Er zögerte kurz, bevor er sie in sein eigenes Handy tippte. Eine Frauenstimme meldete sich mit einem altmodischen »Ja, bitte?«

»Guten Tag, Christiansen, ich habe Ihre Nummer hier auf dem Telefon meiner Oma, Agathe Christiansen, und ich wollte …«

»Kenne ich nicht«, unterbrach die Frau.

»Sie haben heute früh versucht, meine Oma zu erreichen.«

»Wie war der Name?«

»Agathe Christiansen.«

»Nein, ich habe in meinem ganzen Leben keine Agathe gekannt. Da muss ich mich verwählt haben. Auf Wiederhören.«

Frank legte das Handy zurück, wie er es vorgefunden hatte. Wenn seine Großmutter nachher zurückkam, durfte sie keinesfalls das Gefühl haben, dass ihr jemand hinterherspionierte. Frank befürchtete, das könne ihren Ermittlungsehrgeiz bis ins Unkontrollierbare steigern.

Auf der Terrasse hatte sich die Situation etwas entspannt. Die Aufmerksamkeit galt nun Mohnkuchen und Roter Grütze. Das Cellokonzert war beendet. Die ersten mutigen Vögel scheuten die Konkurrenz nicht und zwitscherten wieder. Frank hatte außer der Information, dass Agathe ohne ihr Handy unterwegs war und heute früh von einer dementen Freundin angerufen wurde, keine Neuigkeiten. Udo sah auf seine Armbanduhr und nahm einen großen Schluck Weizenbier. Es war mittlerweile 15 Uhr. »Jetzt haben wir schon das Glück, dass wir eine steinalte Mutter ohne Demenz haben, und dann schafft sie es trotzdem, sich auf dieser kleinen Insel zu verlaufen«, bekam nun auch Agathe ihr Fett weg.

»WENN sie sich verlaufen hat«, setzte Sonja nach und erinnerte an diesen auf Krawall gebürsteten Jungen.

»Was willst du damit sagen?«, fragte Hermann herablassend. »Dass der Kleine sie gekidnappt hat?«

»Welcher Junge?«, wollte Timmy wissen. Auch Tabea sah gespannt von ihrem Dessert auf. Aber es ging niemand weiter auf den Jungen ein. Thomas schlug seinen Kindern vor, ihre Fundstücke jetzt vom Bernsteinexperten begutachten zu lassen. Tabea und Timmy sprangen auf. Natürlich wollten sie in Erfahrung bringen, wie reich sie diese Steine machten.

Aus einem diffusen Gefühl, dass etwas nicht stimmte, war handfeste Besorgnis geworden. Mehr als sechs Stunden dauerte Agathes Morgenspaziergang nun schon. Zwei Stunden hielten Christiansens für angemessen, sechs waren eindeutig zu viel. Sie gaben das Herumsitzen und Warten zugunsten von Herumfahren und Suchen auf.

Mit betretenem Schweigen fuhren sie Kolonne den Sandweg entlang, holperten mit klappernden Schutzblechen über Baumwurzeln und schoben die Räder ab und zu auf den Deich, um nach Agathe Ausschau zu halten. Annika sah während der Fahrt unauffällig in den Graben neben der Weide. Der Großvater eines Klassenkameraden von Tabea war vor zwei Jahren in einen Straßengraben gerutscht und dort verhungert. Sie fand es unglaublich, dass so etwas wirklich passierte. Der Graben hier war jedoch nicht tief genug, als dass er Agathe verschluckt haben konnte. Vom Hafen hörte man die Hupe des ablegenden Dampfers.

»Es ist zum Mäusemelken«, sagte Sonja. »Man kann doch hier nur vorwärts und rückwärts und kommt immer wieder auf den richtigen Weg, ob man will oder nicht. Die kann nicht einfach weg sein.«

»Sie ist aber einfach weg!«, konterte Hermann. Zum Mäusemelken wollte er das nicht finden. Er stellte klar, dass es sich hier um seine Mutter und nicht um eine Maus handelte.

Gegen 18.30 Uhr wurde einheitlich beschlossen, die Polizei einzuschalten. Udo und Hermann begaben sich auf die Suche nach Sabina Kunz, während die anderen in die Pension zurückkehrten. Dort saßen ein paar Gäste unbeschwert bei Bier und Fisch, als gäbe es weder Entführungen von Neunzigjährigen noch all die anderen schlimmen Dinge auf der Welt.

Es war gegen 19 Uhr, als Udo und Hermann vor dem Supermarkt auf die Polizistin trafen. Sie steckte nicht in Uniform und trug eine Tasche, aus der eine Stange Porree ragte. Porree und Privatoutfit hielten den aufgelösten Udo nicht davon ab, an Ort und Stelle eine Vermisstenanzeige aufgeben zu wollen. Sabina Kunz klemmte sich die Tüte zwischen die Beine und machte eine Geste, als müsste sie ein Pferd beruhigen. Und tatsächlich scharrten die beiden Brüder auch ziemlich nervös mit ihren Schuhen auf dem Sandweg.

»Sie können keine Vermisstenanzeige aufgeben«, wurden sie belehrt. Udo fürchtete, Sabina Kunz käme ihm jetzt mit Feierabend und Kochen. Sie wollte stattdessen die Hände dafür ins Feuer legen, dass auf *ihrer Insel* niemand verloren ging. »Man darf das Reizklima nicht unterschätzen«, sagte sie. »Es gab mal einen älteren Herrn, der hatte sich in der Heide verlaufen, weil er einem Kaninchen gefolgt und dann vor Erschöpfung irgendwo eingeschlafen war. Später konnte er sich nicht mehr an den Rückweg erinnern. Aber auch der ist wieder aufgetaucht.«

Udos Beschwörungen, sein Gefühl sage ihm, dass seine Mutter gerade keine Hasen jage, ließen die Polizistin kalt. Selbst wenn sie wolle, könne sie keine Vermisstenanzeige aufnehmen. Wenn ein erwachsener Mensch, Herr seiner Sinne, sich mal zwei, drei Stündchen verspätete, sei das weder ein Grund zur Sorge noch ein Fall für die Polizei.

»Tja, Herr seiner Sinne«, wiederholte Hermann gedankenverloren. »Gute Frage!«

»Das war keine Frage«, konterte Sabina Kunz. »Ich habe Ihre Mutter kennengelernt. Die ist gut drauf. Wahrscheinlich hat sie sich mal eine Pause von der Familie gegönnt und kehrt später gut erholt heim, wetten?«

Diese Wette wollten die Brüder nicht eingehen. Frau Kunz führte weitere Begründungen an. »Die Insel ist sehr übersichtlich. Wissen Sie, warum hier alles so platt ist?«

Hermann schüttelte den Kopf.

»Damit wir am Montag schon sehen, wer am Mittwoch zu Besuch kommt.« Sabina Kunz freute sich über ihren Witz.

»Sie ist schon den ganzen Tag verschwunden und nicht nur zwei, drei Stunden«, sagte Udo. »Die ist in diesem Moment garantiert nicht mehr gut drauf.«

»Und wir auch nicht«, fügte sein Bruder hinzu. »Wir machen uns wirklich Sorgen.«

Die Polizistin wurde plötzlich nachdenklicher. *Der ganze Tag* schien sie zu verunsichern. Trotzdem griff sie nach ihrer Tüte und sagte, sie würde jetzt erst mal Feierabend machen. Falls Agathe bis Mitternacht nicht aufgetaucht sei, sollten sich die beiden ruhig noch mal melden.

»Das ist aber großzügig«, bedankte sich Hermann bissig.

»Bis Mitternacht?«, wiederholte Udo verstört. »Können wir nicht in einer Stunde wiederkommen?«

»Da habe ich Besuch.« Sabina Kunz zog den Porree ein paar Zentimeter aus der Tüte, merkte jedoch selbst, dass das für Udo und Hermann kein überzeugendes Argument war.

»Na gut, melden Sie sich, wenn sie in zwei Stunden noch nicht wieder da ist«, verabschiedete sie sich in versöhnlichem Ton.

In der Pension überschlugen sich derweil die Ereignisse. Im *Anker*-Zimmer verloren Thomas und Frank gegen Timmy und Tabea im Tabu spielen. Im Gastraum legte Sonja ihr Handy beiseite, auf dem sie gerade von der unergiebigen Begegnung mit der Polizistin gelesen hatte, als ihr Böhmi das Telefon reichte. »Für Sie!« Sonja nahm zögerlich den Hörer und hielt ihn ans Ohr. Sie hatte kein gutes Gefühl, beruhigte sich aber damit, dass Böhmi bestimmt betroffener geguckt hätte, wenn schlechte Nachrichten zu erwarten wären. »Hallo?«

Eine Männerstimme teilte mit, dass man Agathe in der Gewalt habe. Man habe sie gewarnt. Statt sich zurückzuhalten, sei ihnen die herumschnüffelnde Omma zu sehr auf den Leib gerückt. Es tue ihnen leid, aber man habe sich nicht anders zu helfen gewusst. Als Sonja das Telefon aus der Hand zu rutschen drohte, rückte Annika näher an ihre Mutter heran, um etwas von den Ungeheuerlichkeiten mitzuhören, die am anderen Ende der Leitung ausgesprochen zu werden schienen.

»Haben wir uns verstanden?«, fragte die Männerstimme.

»Aber«, war das Einzige, was Sonja vorzubringen vermochte. Der Mann sprach weiter. »Wir haben nicht vor, Frau Christiansen was anzutun. Dafür müssen Sie sich nur an die Spielregeln halten.«

Der Entführer bemerkte, dass Sonja nicht besonders souverän auf seinen Anruf reagierte und erläuterte die Spielregeln auch ohne Nachfrage: »Ab jetzt haltet ihr euch zurück und von Burkhard Friedemann fern. In 48 Stunden werden wir eure Omma unversehrt freilassen, aber nur, wenn kein Wort an den Inselsheriff geht. Wenn die Kunz von der Entführung erfährt, hat das letzte Stündlein der Alten geschlagen. Wir wollen in Ruhe unser Ding machen und müssen eure Omma zur Sicherheit aus dem Verkehr ziehen. Alles klar?«

Spätestens jetzt hätte Sonja etwas sagen müssen, nämlich, dass die Polizistin längst Bescheid wusste, aber sie schaffte es nur, sich zu räuspern. Und schon das jagte ihr selbst eine Heidenangst ein, als könnte das schon der entscheidende Fehler gewesen sein, der Agathe unter die Erde brachte. Annika nahm den Hörer. »Wir werden Ihre Forderungen erfüllen«, sagte sie so, wie sie es aus schlechten Fernsehkrimis kannte. »Bitte seien Sie nicht grob zu Agathe. So ein altes Herz verträgt keine große Aufregung. Und in Wirklichkeit wollen Sie doch nicht, dass …«

»Wir melden uns wieder.« Die Verbindung wurde unterbrochen.

»Ohgottohgott!«, jammerte Sonja leichenblass. »Die Polizistin weiß ja längst Bescheid. Die bringen Agathe um.«

»Quatsch, Mama, hier wird keiner umgebracht!«

»Braucht ihr das noch?« Böhmi griff zwischen die beiden und nahm das Telefon an sich.

»Nehmen Sie's weg.« Sonja hielt abwehrend ihre Hände hoch. Böhmi wischte bei der Gelegenheit einmal über den Tisch, bevor sie wieder ging. Sonja drehte sich zu Annika und flüsterte: »Haben sie doch gesagt! Das mit dem letzten Stündlein, wenn die Polizistin davon erfährt.«

»Dann erfährt die eben nichts davon.«

»Hat sie doch längst. Papa hat doch eben gerade Bescheid gesagt.«

Annika wollte sich nicht von der Panik ihrer Mutter anstecken lassen. »Er hat gesagt, dass die Polizistin nichts von einer verschwundenen Oma wissen wollte. Jetzt bitte, Mama, beruhige dich.«

»Beruhigen? Es ist eine Entführung, Anni. Und Einbrecher gibt's hier. Und der Klausen ist weg. Und dieser Bengel mit seinen komischen Eltern.« Sonja verschluckte sich und hustete. Sie sah ihre Tochter ernst an. »Das ist jetzt kein Schmu mehr.« Sie war richtig streng, so wie damals. Die fünfjährige Annika hatte den Ernst der Lage nicht begriffen, als das Flugzeug nach Mallorca in schwere Turbulenzen geriet und Annika vergnügt rief: »Mayday, mayday, wir stürzen ab.« Mallorca. Da wäre Sonja jetzt gern. In dieser Villa, auf die sie und Hermann ein Auge geworfen hatten; Natursteinmauern, Sichtbalken, überdachte Außenterrasse, Sauna und Pool mit Blick auf Berge. Manche nannten das Finca. Für Sonja war und blieb es eine Villa. Sie brauchten nur noch etwas Startkapital, das heißt eigentlich brauchten sie ziemlich viel. Aber das war jetzt zweitrangig. Während Annika eine Nachricht an die Familien-WhatsApp-Gruppe schickte: *Bitte so schnell wie möglich in die Pension kommen. Ohne Umwege. Ohne mit jemandem zu sprechen,* versuchte Sonja mit einer Kehlatmung ihren Puls runterzufahren, so wie sie es in der Yoga-Gruppe-Ü60 gelernt hatte. Nach wenigen Atemzügen legte sie die Stirn auf ihre Unterarme. Der Angstschweiß ließ sie den Kopf wieder heben. »Der hat gesagt, er lässt sie frei, nach 48 Stunden. Hat er doch, oder?«

Annika klopfte angespannt die Zigarettenschachtel auf den Tisch und antwortete nicht.

Sonja tippte ihre Tochter an. »Wenn man so was sagt, dann macht man das bestimmt auch, oder? Annika?!?«

»Mama, bitte!«, fuhr Annika ihre Mutter an. »Jetzt sei mal kurz still.«

»In spätestens 48 Stunden ist Oma wieder da.« Annika nahm die Pointe gleich vorweg. Sie bemühte sich siegessicher und frohgemut zu klingen und klatschte sogar aufmunternd in die Hände. Der Funke der guten Laune wollte aber nicht auf die in der *Scholle* versammelten Christiansens überspringen. Mit unbeweglicher Miene drehten sie ihre Köpfe zu Sonja, die bereitwillig den wesentlicheren Teil der Umstände preisgab: »Wenn wir uns an die Regeln halten!«

»Welche Regeln?« Frank zog sein verschwitztes weißes Hemd etwas von seiner Brust und pustete von oben hinein.

Auch bei Udo zirkulierte das Blut wie von einem Ostseesturm gepeitscht durch den Körper. Er schwitzte und hatte, wie Agathe sagen würde, eine gesunde Farbe bekommen. Hermann kapierte als Erster. Er zog sein Telefon aus der Tasche.

»Was wird das?«, fuhr Sonja ihn an.

»Ich verständige die Polizei. Was sonst?«

Sonja riss ihm das Handy aus der Hand.

»Wenn du den Inselsheriff anrufst, dann hat ihr letztes Stündlein geschlagen.« Sie wollte die Drohung möglichst wortgetreu wiedergeben.

»Sie ist entführt worden?« Jetzt dämmerte es auch Udo.

Annika nickte. »Wenn wir uns ruhig verhalten, dann rücken sie Agathe nach spätestens 48 Stunden wieder raus. Keine Polizei. Mensch, Papa, das weiß man doch.«

»Ich warte doch nicht darauf, bis irgendein dahergelaufener Entführer meine Mutter wieder *rausrückt*«, sagte Hermann. Sein Bruder sah das genauso. »Was glaubt ihr denn, was passiert, wenn man einen uralten Menschen entführt?«

Frank kannte die Antwort: »Er bekommt einen Herzinfarkt?«

»Genau«, nickte Hermann. »Und wenn das Amateure sind, Stümper, die die Nerven verlieren, wenn irgendwas schiefgeht, und es geht bei Amateuren schnell etwas schief, nein, darauf können wir keine zwei Tage warten. Geht's noch?«

»Agathe bringt uns um«, fürchtete Udo.

»Wir müssen sie trotzdem retten«, antwortete Frank tollkühn.

Annika sprang auf. »Wo sind eigentlich unsere Kinder?« Sie fragte das so unvermittelt, dass auch Thomas zusammenzuckte, obwohl er selbst den Kindern aufgetragen hatte, mit dem Tablet im *Anker*-Zimmer auf ihn zu warten.

»Wie kannst du unsere Kinder allein lassen, wenn sie gerade Oma weggeschnappt haben?«, schimpfte Annika vorwurfsvoll.

»Wie du das sagst, *Oma weggeschnappt*«, brüskierte sich Sonja.

»Ich wusste doch nicht, dass wir uns hier treffen, weil jemand *Oma weggeschnappt* hat«, wehrte sich Thomas und ging, um nach den Kindern zu sehen.

Hermann hielt immer noch sein Telefon wie eine tickende Zeitbombe in der Hand, unsicher, wie er sie entschärfen konnte.

Punkt 21.30 Uhr öffnete sich die Tür der Pension und die Polizistin kam herein, stand kurz so, als hätte sie einen Saloon betreten. Stille. Frank, Udo, Sonja und Hermann schauten auf und erstarrten. Sie wollten sich hier die erste Zeit der anberaumten 48 Stunden mit Absackern vertreiben. Hinter Sabina Kunz huschte ein schmächtiger Mann herein. Er war einen halben Kopf kleiner als sie und folgte ihr an den Tresen. Das ungleiche Paar schob sich auf zwei Barhocker. Böhmi unterbrach das Gläserpolieren und lehnte sich zu ihren neuen Gästen hinüber, um ihnen offensichtlich etwas Vertrauliches mitzuteilen. Die Polizistin blickte sich daraufhin um. Als sie die Christiansens entdeckte, rutschte sie von ihrem Stuhl und ging schweren Schrittes zu ihnen. Der kleine Mann sah ihr nach.

»Na? Hab ich's nicht gesagt?« Frau Kunz stützte sich mit durchgestreckten Armen auf dem Tisch ab.

»Sie haben's gesagt«, bejahte Udo und versuchte dabei, kein Misstrauen zu erwecken, indem er mit dem Finger kumpelhaft auf sie zeigte und ein Auge zusammenkniff. »Sie ist wieder da.«

»Ja, hier geht keiner verloren. Ich hab's Ihnen gesagt«, freute sich der Inselsheriff. »Wo ist sie denn herumgeirrt? Nur damit ich weiß, wo ich in Zukunft nach abhandengekommenen Rentnern und Rentnerinnen suchen muss.«

»Na, da so«, Frank machte eine vage Handbewegung in Richtung Tür. »Da hinten, Richtung Hafen.«

»Hauptsache, sie ist wieder da«, sagte Hermann.

Die Polizistin nickte zufrieden, klopfte auf den Tisch und kehrte zurück an die Bar. Christiansens hörten, wie sie sich dort mit Böhmi über den Einbruch unterhielt und versprach, die Sache nicht auf die leichte Schulter zu nehmen. Sie habe bereits Spuren und Fingerabdrücke in die KTU geschickt. Da nichts gestohlen worden sei, könne es allerdings sein, dass die Kollegen auf dem Festland die Sache nicht mit allerhöchster Priorität bearbeiteten. Dann wollte Frau Kunz *die Sache* für den Abend ad acta legen und ihren wohlverdienten Feierabend genießen. Der kleine Mann brachte den Inselsheriff ständig zum Kichern. Die heitere Stimmung machte Hermann wahnsinnig. Ein paar Male war er versucht, sich der Polizistin doch anzuvertrauen, aber die anderen hielten ihn zurück. Einmal packten sie ihn dafür sogar zu zweit an den Armen. Kurz nach 23 Uhr verkündete Böhmi: »Schluss für heute.«

Christiansens zogen sich erschöpft von den Ereignissen des Tages auf ihre Zimmer zurück. Sonja war blitzschnell eingeschlafen. Neben ihr horchte Hermann dem ruhigen Atem seiner Frau. Wie brachte sie es fertig, seelenruhig zu schlafen, während er seine Mutter gefangen in einem miefigen Keller vor sich sah. Ab und zu stieß er Sonja aus Versehen mit dem

Ellenbogen an, aber nicht mal davon wachte sie auf. So tief und friedlich hatte seine Frau schon Monate nicht geschlafen. Hermann steigerte sich immer mehr in die Wut über seine Frau und die Angst um seine Mutter hinein, so lange, bis er den Entschluss fasste, die ganze Mallorca-Sache abzublasen, egal wie die Geschichte ausging. Mit der seelenruhig schnarchenden Sonja wollte er nicht mehr auswandern und seine entführte Mutter, sollte sie jemals hoffentlich wieder lebend auftauchen, sollte sich nie wieder ausgenutzt fühlen. Aber überließ er dann nicht vielleicht Brigitte Plön das Schlachtfeld?

Annika und Thomas hatten ähnliche Fantasien von Agathes Aufenthaltsort, über die sie sich flüsternd austauschten. Die Vorstellungen wurden immer abstruser, die beiden immer hysterischer. Tränen lachend lagen sie ziemlich angetüdelt vom Alkohol nebeneinander. Thomas schlug Annika vor, dass Hanselmann, sie wisse schon, dieser unermüdliche und sehr zuverlässige Krieger, stets im Kampf mit irgendeiner Szene, der Hanselmann also, dass der aus dem Stoff eine Serie entwickelte; »100 Arten eine gekidnappte Neunzigjährige aufzubewahren«. Annika fühlte sich mit einem Schlag beinahe nüchtern. Sie setzte sich auf: »Das ist eine richtig gute Idee. Ich frag Leo mal.«

Frank rauchte weit aus dem Fenster gelehnt eine Zigarette, die er von seiner Cousine geschnorrt hatte. Er war angespannt, weil er jeden Augenblick damit rechnete, dass der Rauchmelder Alarm schlug, aber die Faulheit, die ihn davon abhielt, nach draußen zu gehen, war noch größer als die Angst. Beim

Rauchen malte er sich die Beerdigung seiner Oma aus. Es regnete in seiner Vorstellung, und Brigitte Plön trug farbenfrohe Gummistiefel, weil Udo zu spontan beschlossen hatte, sie mitzubringen, so dass Brigitte für eine angemessene Schuhauswahl nicht genug Zeit hatte. Aber von Plöns zu bunten Schuhen würden die viel zu vielen Worte ablenken, die man für Agathes Unglück finden würde, das ihr die Familie selbst eingebrockt hatte. Frank war schon gespannt darauf, wem man die Schuld dafür geben würde oder ob man sich die Verantwortung gemeinsam auf die Schultern hievte. Da es meistens jemand versemmelt hatte, der nicht anwesend war, kam für die Schuldfrage vor allem diejenige in Frage, die todsicher unter der Erde lag.

V

Tabea nutzte die Gunst der Stunde. Wie selbstverständlich schoss sie beim Frühstück auf dem Smartphone ihres Onkels Zombies ab. Niemand störte sich daran oder, wie ihre Eltern zu sagen pflegten, niemand hatte die *Kapazitäten*, es ihr zu verbieten. Das hatte Tabea sofort durchschaut. Wie die da saßen und apathisch Kaffee in sich hineinkippten. Als hätten sie sich alle bei Agathe angesteckt. Man hatte den Kindern erzählt, dass ihre Uroma sich mit dem langen Ausflug gestern wohl etwas übernommen hatte und nun mit einer ansteckenden Krankheit im *Sturmflut*-Zimmer lag und sich erholte. Timmy spielte mit Annikas Zigarettenschachtel rückwärts zwischen zwei Messern einparken, bis ihm Sonja die Schachtel energisch wegnahm und sagte, das Bild darauf sei mehr als unappetitlich und nichts für Kinder. Hermann hatte dunkellila Schatten unter den Augen, dass Tabea nicht sicher sein konnte, ob das wirklich Opa Hermann war oder ob es vielleicht einer der Zombies aus Franks Smartphone heraus in die reale Welt geschafft hatte, falls man sich überhaupt in einer realen Welt befand.

»Gehen wir heute wieder Bernsteine sammeln?«, wollte Timmy wissen. Er musste die Frage zweimal stellen, bevor sein Vater mit einem fahrigen: »Äh, ja, können wir machen«, reagierte. Jetzt fiel auch Timmy auf, dass hier etwas faul war, denn niemand stieß sich an seiner Formulierung *wieder Bernsteine sammeln* – da hätte jemand seiner Meinung nach aufhorchen und nachfragen müssen: ›Warum denn *wieder*? Ach, was hat denn gestern der Bernsteinprofi eigentlich zu euren Steinen gesagt?‹ Bisher hatte sich dafür nämlich niemand interessiert, und alle hätten gestaunt, dass einer der Fundstücke tatsächlich ein echter Bernstein war. Timmy und seine Schwester hätten triumphierend auf ihren Vater gezeigt: ›Frag Papa. Der Stein ist echt.‹« Und Papa hätte zugeben müssen, dass sich die Erwachsenen mal wieder geirrt und die Kinder recht hatten. Aber niemand fragte nach und Timmy wollte sich seinen Bernsteinauftritt für später aufheben, wenn die Erwachsenen genug Kaffee getrunken hatten und ein bisschen wacher waren.

»Na, eure Oma schläft wohl noch nach ihrer Irrfahrt gestern?« Böhmi stand bestens aufgelegt mit ihrer silbernen Thermoskanne am Tisch, um nachzuschenken.

»Die hat Grippe und liegt im Bett«, verriet Tabea, ohne das Zombie-Abballern zu unterbrechen.

»Oh, Grippe, im Sommer? Das ist schlimm«, sagte Böhmi. »Und das in dem Alter! Soll ich Doktor Lupke anrufen?« Besorgt fasste sie Udo auf die Schulter und irritierte ihn damit, dass sie die Schulter auch kurz knetete.

»Nein, kein Arzt!« Annika schüttelte den Kopf.

Böhmi hielt kurz inne. Sie ließ ungern in solch strengem Ton mit sich reden, schon gar nicht unter ihrem eigenen Dach. »Also, wenn hier einer mit Grippe flachliegt, dann muss ich das wissen und dementsprechend desinfizieren und meine Gäste darauf hinweisen. Dazu muss Herr Lupke eine anständige Diagnose stellen. Es kann ja auch etwas anderes, Hochansteckendes sein, wenn es ihr so schlecht geht, dass sie bettlägerig ist. Ich möchte wirklich sehr ungern, dass hier ein Virus die Runde macht. Hier muss ja nicht noch jemand wirklich … na, Sie wissen schon!«

»Es geht ihr bestimmt schnell wieder besser«, sagte Sonja. »Wir lassen sie einfach ausschlafen. Das sieht wahrscheinlich alles schlimmer aus, als es ist.«

Böhmi füllte ungefragt die Tassen nach. »Wenn es ihr heute Abend schlechter geht, hol ich den Arzt. Sagen Sie, haben Sie eigentlich was von meinem Cousin gehört?«

Christiansens schüttelten die Köpfe. Böhmi murmelte daraufhin etwas Unverständliches zu sich selbst, bevor sie weiterzog. Vom Nebentisch rief sie rüber: »Soll ich Ihrer Mutter einen Tee bringen?«

»Ganz lieb«, rief Sonja zurück. »Aber nicht nötig. Wir kümmern uns.«

Die Familie hatte sich in Teams aufgeteilt. Sonja und Hermann blieben in der Pension in der Nähe des Telefons. Thomas suchte mit den Kindern weitere Bernsteine. Annika, Frank und Udo hielten Ausschau nach Agathe. Vielleicht wurde sie von ihren Peinigern früher freigelassen und irrte orientierungslos irgendwo herum. Selbst für eine hauptberufliche Schauspielerin wie Annika war es eine Herausforderung, lässig über eine kleine Urlaubsinsel zu flanieren, ohne den Eindruck zu erwecken, nach ihrer entführten Großmutter zu suchen. Die große Sonnenbrille half dabei, die schauspielerische Unzulänglichkeit etwas zu kaschieren. Bei Frank kaschierte die Sonnenbrille nichts. Nervös drehte er sich immer wieder um, als würde er verfolgt. Udo ließ sich davon anstecken. Auch er sah immer wieder hinter sich. Dabei machte er sich den Vorwurf, die dümmste Idee der letzten Jahrzehnte gehabt zu haben. »Obgleich es genau genommen nicht mal meine war«, schnaufte er und hielt an, um kräftig durchzuatmen.

»Sondern?« Frank drehte sich fragend zu seinem Vater und streifte sich die Ärmel höher. »Von der Plön etwa?« Udo richtete sich auf. Annika befürchtete, dass man sich gleich in einer sehr unangenehmen Unterhaltung wiederfinden könnte. Um dieses Schicksal abzuwenden, fiel ihr vor Schreck nichts Besseres ein, als mit einem Geständnis dazwischenzufunken.

»Soll ich euch mal was Lustiges verraten?« Vater und Sohn machten zwar nicht den Eindruck, als wollten sie gern was Lustiges hören, Annika verriet trotzdem: »Ich habe damals Agathes Collier geklaut.« Und als wäre sie stolz darauf, legte sie die Fingerspitzen an ihre Brust und sagte: »Moi!«

Frank fand es tatsächlich lustig. Er grinste. »Und sie ist dir nicht auf die Schliche gekommen? Alle Achtung!«

»Doch, doch ist sie«, gab Annika zu. »Sie hat es die ganze Zeit gewusst. Hat aber bis gestern nie etwas gesagt.«

»Das hat sich jeder gedacht, dass du das warst«, sagte Udo, während er sich unter einer Kiefer auf eine Bank setzte und die Beine ausstreckte.

Böhmi versuchte erst gar nicht, ihre Verwunderung zu verbergen. »Alles in Ordnung?«, fragte sie jetzt schon mindestens zum dritten Mal. Sonja und Hermann, die zusammengesunken an einem Tisch saßen, schreckten auf. »Ja, ja. Im Urlaub sitzen wir gern einfach mal so rum und machen gar nichts.«

»Hängen unseren Gedanken nach«, fand Sonja klang besser.

»Aber draußen scheint die Sonne«, erwiderte Böhmi verständnislos, als käme man bei Sonne ganz gut ohne Gedanken zurecht.

»Ist ja nur wegen meiner Mutter«, behauptete Hermann.

Fast stimmte das, zumindest der Teil, dass sie wegen Agathe hier saßen. Jedoch nicht, weil sie krank in ihrem Zimmer lag und vielleicht nach etwas verlangte, sondern weil sie auf *den* Anruf warteten, der Nachricht über Agathes Los brachte. Böhmi gab sich mit der Erklärung halbwegs zufrieden und kehrte zurück hinter den Tresen. Kurz darauf wurden Hermann und Sonja ein zweites Mal aufgeschreckt. Zwei Fischer in gelben Ölhosen hatten die *Sanddornhütte* betreten. Hermann sah auf die Uhr. »O nein!«, brummte er. Sie hatten die Verabredung mit den beiden Männern vergessen. Die Fischer grüßten per Handschlag. Ihre Hände waren so rau und haarig, wie sich Sonja Hände von Seemännern vorgestellt hatte. Aber sie rochen weder nach Fisch noch nach Diesel, Räucherofen oder Schlick. Mit starkem Knoblauchatem flüsterte der eine: »Wo ist sie denn?«, als könnte sich Agathe unter einem Tisch versteckt haben. Laut ursprünglichem Plan sollte sie jetzt, am späten Samstagvormittag, mit einem Eiskaffee hier sitzen, und die zwielichtigen Männer wiedererkennen. Dann sollte sie deren Gespräch belauschen. Die zwei Angeheuerten sollten den Verdacht auf den Privatdetektiven Robert Hanselmann und einen bevorstehenden Leichenschmuggel lenken. Aber wie die zwei Fischer ganz richtig festgestellt hatten, gab es hier keine Agathe mit Eiskaffee. »Oder ist sie gestern etwa gar nicht mehr …«

Sonja nickte hektisch. »Doch, doch. Sie ist wieder aufgetaucht. Sie hatte sich verlaufen und war wohl schon etwas angeschlagen, gesundheitlich, jetzt liegt sie krank im Bett.«

»Entschuldigung«, sagte Hermann, »wir hätten Ihnen absagen müssen. Das haben wir in der ganzen Aufregung vergessen.«

»Ja, da hätten Sie uns absagen müssen«, sagte der mit dem Bart gar nicht mehr so freundlich. »Ist nicht so, dass wir nix zu tun hätten.«

»Ja«, nickte Sonja verständnisvoll. »Das ist eine harte Arbeit, die Sie machen. Ich habe mal eine Reportage gesehen. Alle Achtung, was Sie leisten. Immer früh raus, oder nachts, bei Sturm und Regen. Die schweren Kisten herumhieven. Diese Ungewissheit. Für das wenige Geld!«

»Müssen die Netze flicken«, beklagte der andere. »Wir sind jetzt extra hierhergelaufen.«

»Das tut uns wirklich leid«, versicherte Hermann.

»Kann ich euch was bringen, Jungs?«, rief Böhmi durch den Raum. Die Männer zögerten, aber Hermanns »Das geht auf uns« erleichterte ihnen die Entscheidung. Sie ließen sich am Nebentisch nieder und bestellten einen Pott Kaffee, schwarz. Hermann lehnte sich zu ihnen hinüber. »Also, tut mir wirklich leid. Ist alles nicht so gelaufen wie geplant.« Er zuckte mit den Schultern. »War einen Versuch wert.«

»Vielleicht sollte man solche Experimente lassen«, kicherte Sonja. Sie wollte locker rüberkommen. »Jedenfalls in unserem Alter.«

»Bezahlung bleibt gleich!?!«, erkundigte sich der ohne Bart.

»Selbstverständlich«, versprach Hermann. »Wie vereinbart!«

Der Glatzköpfige nickte zufrieden, und der andere hob versöhnlich den Daumen. »Nicht, dass wir das Kleingedruckte übersehen haben und bei Krankheit vom Vertrag zurückgetreten werden darf«, scherzte er. Beim Kaffee kam man kurz ins Gespräch. Weil Sonja das mit dem Alter und den Experimenten nicht so stehenlassen wollte, ließ sie sich dazu verleiten, von Mallorca zu erzählen, von dem ganz großen Wagnis des Auswanderns. Die Fischer ließen sich nicht anmerken, wie beeindruckt sie davon waren oder sie waren es wirklich nicht. Das konnte Sonja schwer einschätzen. Die Männer bestätigten, dass es etwas ganz Besonderes sei, von Wasser umgeben zu leben, einem Inselvolk anzugehören, einer Gemeinschaft, auf die Verlass ist, wenn es drauf ankommt, auch wenn es natürlich nur sehr selten mal auf was ankommt, vielleicht sogar nie, aber das Gefühl, dazuzugehören und gebraucht zu werden, das sei unbezahlbar. Sonja griff bewegt nach Hermanns Hand, einer angespannten Faust. Allerdings, da waren sich die Fischer einig, sei es ein großer Unterschied, ob man als Einheimischer oder Zugezogener auf der Insel lebe. Da machten sich viele Auswanderer falsche Vorstellungen. Davon hatte Sonja schon öfter gehört, verstand aber nicht so richtig, worauf die Leute hinauswollten. »Kann es denn wirklich nirgends so schön sein wie da, wo man herkommt?«, fragte sie nachdenklich.

»Geht doch nicht um schön«, antwortete der Bärtige. »Sind wohl einige froh, wenn sie von da, wo sie herkommen, so schnell wie möglich wegkommen.«

»Ist einfach nur was anderes«, versuchte es sein Kollege besser zu erklären. »Man checkt sich gegenseitig nicht immer so.«

Dafür checkte Sonja sehr wohl, dass Hermanns Hand verkrampft unter ihrer lag. Sie führte das auf seine Anspannung wegen des Telefons zurück und darauf, dass er hoffte, sie würde endlich aufhören, die Fischer in Gespräche zu verwickeln. Sonja zog ihre Hand weg. Die Fischer tranken stumm den Kaffee. So kann man es an Bord sicher gut ein paar Tage miteinander aushalten, dachte Sonja, als plötzlich das Klingeln des Telefons die Stille durchbrach. Hermann schob hastig mit den Kniekehlen den Stuhl nach hinten und stand auf. Böhmi klemmte sich den Hörer zwischen Ohr und Schulter und schlug ein dickes Buch auf. »Ja, am 15., *Watt* wäre frei. *Sturmflut* auch.«

Thomas sah von seinem Smartphone auf. Beunruhigt warf er einen Blick zu seinen Kindern, die sich in der Schlange vor der Softeismaschine ein bisschen hin und her schubsten. Er hatte kein gutes Gefühl. Wer Omas verschleppte, entführte vielleicht auch Kinder. Aber ihm fiel nichts Verdächtiges auf. Niemand schien hier etwas anderes im Sinn zu haben als ein bisschen Eis, ein bisschen Wandern, ein bisschen Leuchtturm, ein bisschen mit den Füßen durchs Meer waten, ein bisschen Fisch essen und dabei fotografieren, am liebsten sich selbst. Das vibrierende Handy forderte erneut seine Aufmerksamkeit. *Danke dir, Problem gelöst*, schrieb sein Kollege. Zufrieden schob Thomas das Telefon zurück in die Jackentasche. Wenigstens das Computerproblem seines Geschäftspartners hatte er lösen können und das sogar unbemerkt von Annika, die für das verlängerte Wochenende ein striktes Arbeitsverbot verhängt hatte. Die Zufriedenheit hielt nur kurz. Thomas erkannte ihn sofort wieder und war in Alarmbereitschaft versetzt. Ans Ende der Eisschlange reihte sich der Junge, der am Tag zuvor auf weniger sympathische Weise Eindruck hinterlassen hatte. Es mochte Zufall sein, aber Thomas glaubte nicht an Zufälle. Er stellte sich hinter den Jungen und kam sich kein bisschen lächerlich vor, als er sich nach vorn beugte und ihm mit sonorer Stimme ins Ohr flüsterte: »Wenn du meine Kinder anfasst …« Nur war er dann plötzlich verunsichert, wie er einen solchen Satz zu Ende bringen sollte. Zudem guckte der Junge aus sehr fröhlichen Augen unbekümmert zu ihm hoch und fragte: »Dann machst du mit mir was?«

»Sag mal, entführen deine Eltern manchmal alte Leute?« Thomas bemühte sich, leise zu sprechen.

»Keine Ahnung, was die den ganzen Tag so treiben«, antwortete der Junge ebenso leise, »aber ich trau denen alles zu. Die können ziemlich übel drauf sein.«

Thomas versuchte, sich seine Aufregung nicht anmerken zu lassen. »Und was willst du jetzt hier?«

»Eis!«

»Sicher?«

»Keine Ahnung. Was soll ich sonst wollen?«

»Hör auf mit deinen Spielchen, du kleiner …«

»Alter, ich will nur ein Eis. Chillax.«

»Papa?« Tabea hatte ihren Vater bemerkt und ließ Timmy weiter vorn in der Schlange die Stellung halten, während sie sich selbst zu Thomas und dem Jungen gesellte. »Wer bist'n du?«, wollte sie wissen und strahlte den Fremden an.

»Ich bin Nicki«, sagte der Junge und zog die Mundwinkel bis zu den Ohrläppchen. Sein strahlendes Lächeln spornte Tabea zu ungeahnten Höchstleistungen an. Sie lächelte charmanter als jemals zuvor. »Und woher kennst du meinen Dad?«

Thomas erschrak. Es war ihm unheimlich, dass aus Papa ganz ohne Vorwarnung ein Dad geworden war.

»Er hat mir gestern beim Bäcker 50 Cent gegeben, weil ich nicht genug Geld mit hatte«, log Nicki, ohne mit der Wimper zu zucken.

Timmy rief ungeduldig nach seiner Schwester. Sie sollte sich sofort zwischen Schoko-Vanille und Erdbeer-Vanille entscheiden. Tabea atmete genervt ein. »Erdbeer!«, rief sie und ging, um sich ihr Eis abzuholen. Die drei setzten sich gut versorgt auf die Wiese. Timmy war enttäuscht, dass weit und breit keine Kleeblätter in Sicht waren. Er fand doof, dass man deshalb nicht wenigstens eine winzige Chance auf Glück hatte. Thomas konnte kaum fassen, dass Nicki die Unverfrorenheit besaß, mit seinem Eis abermals bei ihnen aufzutauchen. »Wenn ihr Bock habt«, sagte der Junge, »könnt ihr mich mal besuchen kommen. Kann euch was Cooles am Strand zeigen. Bin hier oft auf der Insel und kenn ein paar krasse Geheimnisse.«

»Voll gerne«, flötete Tabea.

Nicki stieg einhändig auf sein Rad und hob sein Eis, bevor er lässig davonfuhr. Thomas sah ihm skeptisch hinterher. Er hielt es für möglich, dass die Eltern des Jungen dieses ominöse Ehepaar waren, auf das Agathe fatalerweise ein Auge geworfen hatte. Demnach kamen sie auch als Entführer in Frage.

»Und wo sollen wir den besuchen?« Timmy fiel es schneller auf als seiner Schwester, die ungewohnt wortkarg nur »äh…« machte.

Annika, Frank und Udo fanden keinerlei Anhaltspunkte für Agathes Aufenthaltsort. Was wäre überhaupt ein solcher Anhaltspunkt? Hofften sie, einen verlorenen Schuh vor einer Kellertreppe zu finden? Sie saßen immer noch unter der knorrigen Kiefer. Frank hatte sich in seiner Redaktion erkundigt, ob man hier abseits der Zivilisation irgendwas verpasst hatte. Vielleicht war ja wirklich ein Schatz auf der kleinen Ostseeinsel angespült worden, dem ein paar unverbesserliche Gestalten hinterherjagten. Aber sein Kollege hatte keine Informationen über Schätze und fand, die ganze Welt sei derzeit so früh wie nie ein einziges Sommerloch. Er gähnte sogar, während er diese gewagte Theorie aufstellte. Annika zündete sich noch eine Zigarette an und nahm sich vor, innerhalb dieser Kippenlänge über Udos Äußerung zu ihrem elsterhaften Ruf hinwegzukommen. Sie fand ihre Empfindlichkeit der Situation selbst unangemessen. Die Familie hatte gerade weiß Gott andere Probleme als Annikas längst verjährten Kettenklau. Sie beruhigte sich mit dem Gedanken, dass Meinungen über Familienmitglieder nur selten schmeichelhaft ausfielen und man sich trotzdem immer irgendwie lieb hatte. Sie legte den Kopf in den Nacken und pustete den Rauch in die Luft. Über ihr standen kleine weiße Wölkchen am Himmel. Frank schnäuzte in ein Taschentuch. Annika dachte, ihr Cousin hätte angefangen zu weinen, darum suchte sie nach ein paar tröstenden Worten:

»Oma wird sich schon was einfallen lassen. Sie kann doch immer gut Schwächeanfälle vortäuschen, wenn sie einen Kaffee haben will. Was meinst du, was die sich ausdenken kann, wenn sie aus einer Gefangenschaft flüchten will? Da wächst sie bestimmt über sich hinaus.« Sie erinnerte an die Geschichte, wie Agathe mal mit leeren Koffern vor ihrer Tür stand, nur um ihr einen Schrecken einzujagen. Udo zog sich eine Zigarette aus Annikas Schachtel, dabei hatte er sich seit mindestens dreißig Jahren keine mehr angesteckt. Und Brigitte fand das sicher nicht so gut.

»Oder wie sie Otto jahrelang darüber im Unklaren gelassen hat, ob sie wirklich eine tödliche Dosis ihrer Tabletten in seinen Tee mischen würde«, erinnerte sich Frank und steckte das Taschentuch wieder ein. Er zog die Nase hoch. Annika lachte. »Oder wie sie es geschafft hat, auf Kosten ihrer Freundinnen nach Greenway zu Agatha Christies Sommerhaus zu fahren.«

Udo wurde schlecht von der Zigarette. Er ließ sie fallen und trat sie aus. »Ihr hört euch an, als kämen wir gerade von ihrer Beerdigung.«

»Würdest du die Plön mit zur Beerdigung bringen?« Frank sah seinen Vater von der Seite an. So alt war er ihm noch nie vorgekommen, aber er hatte auch schon lange nicht mehr genau hingeguckt. Das letzte Mal vermutlich vor zwei Jahren, als sie sich am Sterbebett seiner Mutter gegenübersaßen. Und da erwischte er Frank wieder, dieser tiefe Schmerz der Ungerechtigkeit. Warum musste er seine Mutter schon so früh gehen lassen? Er legte die Hand auf Udos Oberschenkel und wollte sagen, dass es ihm nichts ausmache, wenn er die Plön mit zur Beerdigung brachte, aber das schaffte er nicht. Erstens machte es ihm was aus, und zweitens war das wahrlich kein passender Zeitpunkt. Annika übernahm das Ruder und brachte das Schiff wieder auf Kurs. »Ich wollte nur sagen, dass sie wahrscheinlich schon einen Plan hat, um sich selbst zu befreien.«

»Das verzeiht sie uns nie!«, jammerte Udo. »Ich kenne sie. Sie ist nachtragend.«

»Ach, Papa.« Frank zog die Hand zurück.

»Jetzt müssen wir sie erst mal wiederkriegen«, sagte Annika und korrigierte sich sofort. »Also, na ja, wiederkriegen, ich meine … ihr wisst schon.« Sie schaute auf die Uhr und rechnete. »16 Stunden sind rum, sind noch 32 übrig.«

»32 Stunden«, wiederholte Udo. »Was in 32 Stunden alles schiefgehen kann. Alles kann in 32 Stunden passieren, Atomkraftwerke explodieren, Ehen geschieden werden, man kann verdursten.«

»Verdursten stimmt«, sagte Frank, »aber für alles andere brauchst du keine 32 Stunden, all diese Dinge passieren in weniger als 32 Sekunden.«

»Der Dicke ist wieder tot«, keuchte Tabea. »Diesmal richtig.« Verschwitzt stand sie vor ihren Großeltern. Timmy neben ihr hechelte wie ein Hund.

»Tabea!«, rief Sonja erschrocken und drehte sich um, ob irgendjemand etwas gehört hatte. Aber die anderen Gäste befanden sich draußen auf der Terrasse, wo sie sich angeregt mit Böhmi unterhielten. Hier drinnen waren sie allein, bis auf die tätowierte Bedienung mit dem Hang zum Morbiden, die hinter dem Tresen hockte und dort unten raschelte. Wahrscheinlich probierte sie, die herausgerissene Steckdose zurück in die Wand zu drücken. Aber die hatte bestimmt nichts gehört. Die hörte oft nicht mal genau hin, wenn man direkt vor ihr stand und etwas bestellte.

»Echt jetzt«, Timmy fuchtelte vor Sonjas Gesicht rum. »Der liegt in so einem Busch mit dem Juckpulver.«

»In einem Hagebuttenstrauch?«

»Ja.«

»Das kann doch nicht ... Ohgottohgott.« Sonja hielt sich die Hände an die Wangen. »Hermann!«

Hermann, der manchmal etwas länger brauchte, um die Dinge in seinem Kopf zu sortieren, schlug mit der Hand auf den Tisch. »Wie kann man so bescheuert sein«, fluchte er, »und denken, dass alles in Ordnung geht mit Erpresser und Entführer und allem Drum und Dran.«

Sonja zog die beiden Kinder beschützend zu sich heran. »Wo ist euer Vater?«

»Pennt auf dem Zimmer. Wir haben uns rausgeschlichen, weil wir einen Freund suchen wollten. Der heißt Nicki und ist voll nett. Der wollte uns was Cooles am Strand zeigen.«

»Welcher Junge denn jetzt?« Sonja wusste gar nicht, wo sie anfangen oder weitermachen sollte. »Und diese Leiche«, versuchte sie, sich auf das Wesentliche zu konzentrieren. »Hermann!«

Hermann hatte ad hoc auch keine Lösung. »Vielleicht hat der Klausen einen Rausch ausgeschlafen?«

»Nein, Opa, der ist tot«, war sich Tabea ganz sicher. »Wir haben Steine auf ihn geworfen. Davon wäre er ja aufgewacht.«

»Kinder!« Erschrocken legte Sonja die Hände auf ihre Brust. »Ihr könnt doch keine Steine auf jemanden werfen.«

»Der ist richtig tot, Oma«, bestätigte Timmy.

»Ich komm mal mit«, sagte Hermann, wie man das so macht, wenn sich Kinder über bissige Hunde, gemeine Spielkameraden oder Monster beschweren, um ihnen zu beweisen, dass es sich nur um Einbildung, auch Fantasie genannt, handelte.

»Hermann, du willst die Kinder doch nicht mit zu dem Toten nehmen?«, fragte Sonja mit weit aufgerissenen Augen.

»Es ist gleich hinterm Haus, Wiese runter und dann um das andere Haus rum. Da liegt er«, sagte Tabea eifrig, als könne sie sich nichts Besseres vorstellen, als noch mal zu der Leiche gebracht zu werden. Doch ihr Großvater sah ein: »Ihr bleibt natürlich hier!« Er zog den Reißverschluss seiner Jacke bis nach ganz oben und machte sich innerlich parat. Das Gefühl, das er dabei hatte, erinnerte ihn an seine aktive Zeit beim Kampfmittelräumdienst. Er wusste nie, was ihn erwartete und dementsprechend anständig wollte er sich jeden Morgen verabschieden. Er gab Sonja einen Kuss, fasste seine Enkel fest an den Schultern, woran sie sich, falls etwas schiefging, ihr Leben lang erinnern sollten, und ging.

»Beeil dich!«, rief ihm Sonja besorgt hinterher.

Gleich hinterm Haus, Wiese runter und ums andere Haus rum, neben dem Hagebuttenstrauch, stand die Polizistin mit einer Rolle rot-weißem Absperrband in der Hand. Bemüht unauffällig schielte sie in den Strauch, der nur wenige Schritte abseits des Weges etwas verbarg. Lange würde das Geheimnis hinter den sichtschützenden Dornen kein Geheimnis bleiben. Hermann stellte sich neben Frau Kunz und starrte ungeniert hinein. Er sah einen reglosen Körper, dick, Klausens Statur, Klausens Gesicht, Klausens Mütze daneben. Die Polizistin wandte sich besorgt an Hermann: »Hören Sie, ich kann hier keinen Menschenauflauf gebrauchen. Bis jetzt hat noch niemand die Leiche bemerkt. Ich möchte hier keine Panik, und ich möchte in Ruhe ermitteln.«

»Wollen Sie keine Verstärkung rufen?« Hermann bemühte sich ebenfalls um ein professionelles Auftreten.

»Wozu Verstärkung?«, fragte die Polizistin.

Hermann wurde ungehalten und pöbelte laut: »Weil da einer ermordet im Gebüsch liegt.«

»Hohoho!«, machte die Polizistin und streckte den Bauch etwas heraus. »Solange nicht klar ist, ob es sich hier um einen Mord und nicht vielmehr um einen natürlichen Tod handelt, rufe ich keine Kollegen. Die haben Besseres zu tun.«

»Besseres? Als das?« Hermann zeigte verständnislos auf den leblosen Körper im Gebüsch, vermied aber, nochmals hinzusehen.

»Selbst ist die Frau. Muss mich hier ja bewähren. Als Frau will man ja nicht gleich in diese Ich-schaff-das-nicht-allein-Falle tappen. Wenn ich Verstärkung anfordere, weil da einer«, sie malte mit ihren Fingern Anführungsstriche in die Luft, »ermordet im Gebüsch liegt und dann stellt sich heraus, dass er bloß tot zusammengebrochen ist, dann ist mir auf Jahre und Jahrzehnte Häme sicher. Einen Teufel werde ich tun. Aber jetzt verschaffe ich mir erst mal einen Überblick.«

»Das ist ein Mensch und kein Tier. Der verkriecht sich zum Sterben doch nicht in einen Hagebuttenstrauch«, versuchte es Hermann mit aller Vernunft. »Dass das keine natürlichen Umstände waren, die den da hingelegt haben, sieht ein Blinder mit einem Krückstock.«

»Ja, ja, die Laien, die sehen's immer mit nem Krückstock. Ich muss hier absperren und bitte Sie, sich hinter die Absperrung zu begeben. Bitte behandeln Sie das Ganze diskret und gehen Sie weiter.«

Sie machte eine wegscheuchende Handbewegung. Hermann ging ein paar Schritte rückwärts, blieb dann kurz stehen, bevor er sich umdrehte und verzweifelt in die Pension zurückkehrte. Er musste etwas unternehmen!

Inzwischen hatten Timmy und Tabea ihren Vater geweckt. Zu dritt standen sie um Sonja. Böhmi quatschte immer noch auf der Terrasse und bekam von den verstörenden Vorgängen in und um ihre Pension herum nichts mit. Ganz im Gegensatz zu den Christiansens. Timmy und Tabea blickten mit all ihrer kindlichen Ungeduld, Neugierde und Furchtlosigkeit ihren zurückgekehrten Opa Hermann an. Der zögerte, weil die Bedienung hinter dem Tresen den Kopf hob und mit einem Schraubendreher winkte. »Hab's gleich«, verkündete sie und tauchte wieder ab.

»Was ist denn jetzt mit der Leiche?«, fragte Tabea unverblümt, aber immerhin in gedämpfter Lautstärke.

»Wollt ihr nicht ein bisschen fernsehen, solange wir uns über Erwachsenen-Kram unterhalten?«, schlug Sonja vor.

»Ähm«, machte Tabea, der das beinahe die Sprache verschlug, aber nur beinahe. Was bitteschön an Ermordeten und

Leichen und so weiter Erwachsenen-Kram sein soll, hätte sie gern mal gewusst. Hermann war zu aufgewühlt, um das Ende dieser Diskussion abzuwarten.

»Ich glaube, wir müssen die Polizei anrufen.«

»Dann ist der wirklich ...« Sonja klammerte sich an die Tischkante. Thomas bediente sich an ihrer Weinschorle.

»Ja, der ist tot«, nickte Hermann.

»Gut.« Thomas stellte das leere Glas ab. »Ich gebe der Polizistin Bescheid.«

»Die ist schon da«, sagte Hermann und gab in wenigen Worten wieder, was er mit Frau Kunz erlebt hatte. Thomas verschlug es die Sprache, doch Sonja hatte Verständnis für Frau Kunz' merkwürdiges Verhalten. Ohne die Vorgeschichte zu kennen, mochte es vielleicht schwierig sein, einen Toten im Hagebuttenstrauch richtig einzuordnen. »Die Kunz weiß ja nichts von der Schatzkarte und von Agathes Entführung.«

»Uroma ist entführt worden?« Verstört warf sich Timmy an den Hals seiner Schwester. Die schlug erschrocken die Hände vors Gesicht.

»Nein, nein.« Thomas ging in die Hocke und nahm seine verängstigten Kinder in den Arm. »Eure Mutter hat recht. Immer versteht ihr alles falsch. Uroma ist nicht entführt worden.« Er machte ein überraschtes Gesicht, als müsste er sich sehr wundern, wie man auf so eine abwegige Idee kommen konnte. »Die ist krank. Und wir legen uns jetzt auch gemütlich zurück vor die Glotze.« Er zeigte auf seine Schwiegereltern. »Um den Rest kümmert ihr euch.«

»Meinst du den toten Herrn Klausen, wenn du Rest sagst?«

Tabea hatte sich in Rekordzeit wieder erholt. Sie legte ihrem Bruder mit bewährter Mischung aus Liebe und Angewidertsein den Arm um die Schultern. Thomas ließ sich auf keine weiteren Diskussionen ein. »Der ist nicht unser Problem.«

»Auf einmal«, sagte Timmy konsterniert. »Nur weil er jetzt wirklich tot ist, haben wir plötzlich nichts mehr mit ihm zu tun.«

»Timmy, also wirklich!« Widerwillig ließen sich die Kinder von ihrem Vater aus dem Gastraum in Richtung der Zimmer drängen.

Hermann und Sonja, ganz auf sich allein gestellt, schauten sich an. Nun war die Zeit gekommen, sich mit allen Informationen vertrauensvoll an die Polizistin zu wenden; Geburtstagsgeschenk, Erpresser, Schatzkarte, Entführung – alle Karten mussten offen auf den Tisch. »Wir haben viel zu lange gewartet, uns überschätzt«, sagte Hermann reuevoll.

»Fehler sind was für Anfänger. Könner produzieren Katastrophen«, wusste Sonja. Böhmi, die soeben von draußen hereingekommen war, blieb stehen, legte den Kopf etwas zur Seite und versuchte, die merkwürdigen Schwingungen, die sie wahrnahm, zu deuten. »Was gibt's denn?«, fragte sie freimütig.

Eisernes Schweigen. Weder Sonja noch Hermann fühlten sich berufen, ihr die traurige Nachricht vom Tod ihres Cousins zu überbringen. Schuld lag wie ein schwarzer Schleier über den Christiansens, nein, wie ein schwerer schwarzer Vorhang und sie wagten nicht, ihn hochzuheben, um Böhmi zu offenbaren, was geschehen war.

»Ich würde noch so ein Schörlchen nehmen«, sagte Sonja und gab ihrem Mann mit Blicken zu verstehen, dass er bitte seines Amtes walten möge.

Vor der Pension rempelte Hermann gegen seinen Bruder.

»Klausen ist tot«, platzte es aus Hermann heraus. Er wollte gleich weiter, aber Annika hielt ihn fest. »Wo willst du hin?«

»Zur Kunz. Die sperrt da hinten das Gebüsch ab. Da liegt er. Tot.« Es war für alle gleichermaßen erschreckend, nicht nur, dass Klausen tot war, sondern auch die Selbstverständlichkeit, mit der man inzwischen mit diesen Themen umging.

»Und was willst *du* da?« Frank baute sich vor Hermann auf, aber der schob seinen Neffen unbeeindruckt zur Seite. »Kunz unterschätzt die Lage«, sagte er. »Ich muss sie aufklären.«

Entschlossen setzte er sich wieder in Bewegung.

»Das darfst du nicht.« Annikas Warnung verflog mit dem Wind. Nur ein paar Grashalme gerieten ins Zittern. »So haltet ihn doch auf«, beschwor sie die Männer und zog ihre Zigarettenschachtel aus der Hosentasche.

»Telefon!«

Sonja geriet ins Taumeln, als sie vor Schreck aufsprang. Sie stolperte Böhmi entgegen. Mit einem beherzten »Wiedersehen macht Freude« drückte ihr die Wirtin den Hörer in die Hand. Sonja starrte darauf. Es schien ihr unmöglich, das schwere Ding an ihr Ohr zu hieven. Sie bekam Panik, weil sie wusste, dass sie später mit »Ich konnte den Hörer nicht an mein Ohr heben« Agathes Tod nicht ausreichend rechtfertigen konnte.

»Hallo!?!« Eine ungeduldige Stimme riss Sonja aus den Gedanken.

»Christiansen, ja bitte!« Sie bemühte sich, besonnen und furchtlos zu klingen.

»Dieser komische Dicke hat genervt.« Die Stimme klang trocken wie Sonjas Sandkuchen, den sie zu Familiengeburtstagen mitbrachte. »Wir wollen Sie daran erinnern: Keine Polizei, verstanden?«

»Ja.« Sonja nickte. »Verstanden.« Zur Sicherheit hätte sie die Anweisung gern wiederholt, um zu beweisen, dass sie es wirklich verstanden hatte, aber dann hätte Böhmi vielleicht angefangen, sich zu wundern. Sonja atmete tief durch. Bis hierher war sie ganz zufrieden mit sich. Im Gegensatz zu ihrem ersten Gespräch mit den Entführern strotzte sie nahezu vor Selbstbewusstsein. Das gab ihr Auftrieb: »Ich will mit ihr sprechen«, entfuhr es ihr zu ihrem eigenen Erstaunen.

»Wie bitte?«, fragte der Entführer überrascht.

Sonja setzte sich, streckte den Rücken durch und sagte: »Wir wissen beide, dass das so läuft. Wir brauchen ja auch eine Sicherheit.«

»Sicherheit?«

»Ja, woher sollen wir wissen, dass …«, Sonja suchte nach den richtigen Worten, »dass sie bei Ihnen …«

»Wo soll sie denn sonst sein?«, fragte die Stimme pampig.

»Kann ich sie bitte mal sprechen?«

Sonja hörte ein Rascheln im Hörer, konnte kaum glauben, dass sie es so weit gebracht hatte, dann meldete sich eine leise, brüchige Stimme. »Ja bitte?«

»Schwiegermama!?!« Jetzt verlor Sonja die Contenance. Sie sprang wieder auf und lief mit dem Telefon vor die Tür, wo gerade ein Schwung Neuankömmlinge ihr Gepäck im Bollerwagen hinter sich herzog.

Agathe stammelte: »Meine liebe Sonja, helft mir. Ich … ich …«

»Ganz ruhig. Wie geht es dir?«

»Nicht so, ich weiß nicht wo und wie, dieser Mann ist nicht nett zu mir. Das ist ein Flegel, unerzogen, und ich glaube, er hat den dicken Mann umgebracht. Ich habe euch doch gesagt, kein Herzinfarkt.«

»Nein, Agathe, Klausen, das war bloß … den hat keiner umgebracht, jedenfalls nicht vor drei Tagen. Jetzt vielleicht. Ja, stimmt. Aber wir haben alles unter Kontrolle. Wirklich. Es tut mir so leid. Morgen lässt er dich gehen, dann erklären wir dir alles. Es wird alles gut. Trinkst du genug?«

»Gib her!«, hörte man die Männerstimme misslaunig sagen. Dann war der Entführer wieder dran. »Lasst uns in Ruhe unseren Job erledigen, dann bekommt ihr sie heil wieder, aber wehe ein Wort zur Polizei.«

Damit war das Gespräch beendet.

In der Aufregung vergaß Sonja, Böhmi das Telefon zurückzubringen. Sie behielt es wie einen Staffelstab in der Hand und stürzte hinter das Haus, um ihren Mann von einer großen Dummheit abzuhalten. »Wo ist er?«, keuchte sie, als sie dort auf die rauchende Annika traf.

»Zu spät«, sagte Annika müde und zeigte in westliche Richtung.

Sonja hastete los. Sie spürte, wie ihre überflüssigen Kilos in Bewegung gerieten. »Wo ist nur der blöde Busch?«

Dann sah sie die drei Männer hinter dem Nachbarhaus bei einem wilden Rosenstrauch stehen und diskutieren. »Hermann?«, rief Sonja. »Kommst du mal bitte?!«

Hermann sah kurz zu seiner ihm entgegeneilenden Frau, führte dann aber seine Unterhaltung fort. Sonja rannte weiter über die abschüssige Wiese. Ihre dünne Strickjacke plusterte sich auf wie ein gesetztes Segel. Als sie nah genug war, konnte sie hören, wie Hermann gegenüber Frank und Udo beteuerte, dass hier vor wenigen Minuten noch eine Leiche, eine Polizistin und ein Absperrband waren. Man sah sogar noch den Abdruck des Körpers im Gras. Unmöglich, dass die Polizistin in dieser Windeseile den Tatort untersucht und die Leiche weggeschafft hatte.

»Gott sei Dank!«, schnaufte Sonja. Sie zog mit einem kräftigen Ruck an Hermanns Hemd, als würde sie eine Notbremse betätigen. »Er hat wieder angerufen. Wir dürfen Frau Kunz nichts sagen, Hermann. Ich habe mit Mama gesprochen. Agathe lebt! Aber nicht mehr lange, wenn du zur Polizei gehst. Wirklich! Ich hab's an seiner Stimme gehört. Der meint das ernst. Wir *müssen* bis morgen abwarten!«

Familie Christiansen wartete weiter ab. Anders als die anderen Inseltouristen lagen sie nicht alle viere von sich gestreckt auf ihren Strandtüchern im Sand und hielten die Gesichter mit geschlossenen Augen und mildem Lächeln in die frühsommerliche Sonne. Sie saßen in voller Montur mit angespannten Kiefermuskeln wie auf glühenden Kohlen. Das Meer rauschte ungewöhnlich laut oder die Christiansens waren ungewöhnlich stumm. Timmy und Tabea warfen gelangweilt bunte Boulekugeln über den Sand, wirkten abgestumpft, als hätten sie schon eine Leiche zu viel in ihrem Leben gesehen. Vor der Reise hatte es wegen des Boules Diskussionen gegeben. Annika und Thomas waren sicher, dass das Desinteresse an dem Strandspiel in keinem Verhältnis zu dessen Größe und Gewicht stand, aber die Geschwister waren sich in seltener Art einig, dass es sich um ihr Lieblingsspiel handelte und sie das ganze lange Wochenende wohl kaum etwas anderes tun würden, als Plastikkugeln in den Sand zu werfen. Dies war nun der erste und zugegeben halbherzige Versuch, ihre Boule-Leidenschaft zu demonstrieren. Der allerdings seine Wirkung verfehlte. Annika malte mit einem Stock Kreise in den Sand. Thomas checkte die Abfahrtszeiten der Fähre. Sonja rückte näher an Hermann heran. Er blieb trotzdem irritierend weit weg. Warum er sich eigentlich all die Jahre angestrengt hat, nicht so zu sein wie seine Mutter, fragte er sich. Was gab es eigentlich an Agathe auszusetzen? Nichts fiel ihm ein. Und Frank schwor sich, sein Leben zu ändern, wenn das Desaster hier vorbei war, egal wie es ausging. Wie diese Veränderung aussehen würde, wusste er noch nicht. Wo sollte er anfangen? Beim Gewicht und der Ernährung? Öfter Rad und Treppe nehmen? Beim politischen Engagement? Bei der Partnersuche? Letztere nicht dem Schicksal überlassen, sondern selbst aktiv werden? Vielleicht wollte er umziehen? Sollte er seinen Job aufgeben oder nur das Kekseessen während der Arbeit? Dreht man an einem

Schräubchen, überlegte er, bewegen sich die anderen Zahnräder mit. Vielleicht würde es wirklich reichen, bei den Keksen anzufangen. Bei den Keksen? Frank erschrak über sich selbst und schwor, als Allerserstes dem allergrößten Übel dieser Zeit den Kampf anzusagen, der Egomanie. Wie konnte er hier sitzen und über seinen Keksverbrauch nachdenken, während Agathe irgendwo darauf wartete, aus einer zutiefst beunruhigenden Situation befreit zu werden? Eine Wespe näherte sich, Frank hielt die Luft an. Udo schob die Wespe mit der Hand unerschrocken weiter. Er machte sich zweifelsohne Sorgen um seine Mutter, konnte aber seine sehnsüchtigen Gedanken an Brigitte nicht abstellen. Er wünschte sie an seine Seite. Seit Jahrzehnten schon, wenn er ehrlich war und jetzt ganz besonders.

Die Zeit verging quälend langsam. Ab und zu gab sich einer der Christiansens einen Ruck, um eine Unterhaltung in Gang zu bringen. Aber schon nach wenigen Augenblicken verklumpten Angst und Ratlosigkeit das Gespräch wie nasser Sand eine Sanduhr. Doch plötzlich kam Bewegung in die Familie. Tabea streckte den Arm aus: »Da hinten ist Nicki, Papa. Ich geh mal hin.«

»Hiergeblieben«, bestimmte Thomas. Tabea dachte gar nicht daran. Und Timmy auch nicht. Ihm war zwar nicht ganz klar, wohin seine Schwester rannte, aber er wollte auf keinen Fall irgendetwas verpassen. Nicki stopfte ein Handtuch in seinen kleinen Rucksack, als Tabea neben ihm auftauchte. Sie strahlte über das ganze Gesicht, wie sonst höchstens mal an Weihnachten. Nicki strahlte auch. Timmy stand verloren, aber zufrieden neben den beiden. Der Junge zeigte zum Deich, Tabea nickte, dann drehte sie ihren Bruder in Richtung der Familie und schubste ihn mit ein paar Worten los. Timmy überbrachte den Bescheid, dass er und Tabea ein bisschen mit Nicki abhängen wollten. Nicki wollte ihnen jetzt das coole Geheimnis zeigen, das er versprochen hatte.

»Das geht nicht«, sagte Thomas.

»Aber das ist wie bei den *Fünf Freunden*«, jammerte Timmy. »Die lernen auch immer solche Jungen in den Ferien auf Inseln kennen. Das ist bestimmt wirklich ein richtig cooles Geheimnis.«

»Davon geh ich aus.« Thomas schickte seinen Sohn mit der unmissverständlichen Botschaft »Wir gehen jetzt und ihr kommt mit!« wieder los. Geknickt lief Timmy zurück und ließ tapfer das Gemotze seiner Schwester über sich ergehen. Nicki verzog bedauernd den Mund, was Thomas in sicherer Entfernung mit »Tut mir leid für dich, du kleines Arschloch« kommentierte. Wutschnaubend stapfte Tabea zu ihren Eltern und stellte sich mit verschränkten Armen vor ihren Vater: »Was soll das?«

»Was soll was?«

»Warum sollen wir uns die ganze Zeit mit euch langweilen und dürfen nicht mit Nicki abhängen?«

»Also, wenn man uns was vorwerfen kann, dann bestimmt nicht, dass es langweilig ist«, mischte sich Annika ein.

Ihre Kinder sahen das anders. »Boule ist das langweiligste Spiel ever«, gestand Timmy.

»Ja.« Da konnte Annika nicht widersprechen. »Und darum

gehen wir jetzt Minigolf spielen.« Zufrieden mit ihrer Blitzidee erhob sie sich und klopfte den Sand von der Hose.

»Und wieso müssen wir da mit?«

»Na, ich habe nicht unbedingt Lust auf Minigolf«, gab Annika zu.

»Ich auch nicht«, maulte Tabea.

»Wir können nicht den ganzen Tag lang nur das machen, was du willst«, entgegnete Thomas.

»Das ist voll unlogisch, was ihr da gerade alles sagt.« Tabea ließ sich nicht ins Bockshorn jagen. Sie begann wieder zu strahlen, nicht wegen des Minigolfes, sondern weil Nicki zum Abschied winkte. Sie winkte zurück. Anschließend verfinsterte sich ihr Blick wieder. »Dann besuchen wir unseren Freund eben nach dem Minigolf.«

»Hat der Typ euch denn jetzt verraten, wo er wohnt?«, erkundigte sich Thomas. Tabea zögerte. Unsicher sah sie zu Timmy, der gerade einen Splitter in seiner Haut entdeckt hatte.

»Man trifft sich halt«, sagte Tabea schließlich.

Annika sammelte hektisch die Boulekugeln ein, obwohl sie wusste, dass solch ein Verhalten nicht unbedingt die Selbstständigkeit ihrer Kinder förderte, so wie es ihr Erziehungsauftrag verlangte. Thomas wollte mit dem Besuch bei Nicki nicht bis nach dem Minigolf warten. Er wurde plötzlich ganz emsig. »Wir treffen uns dann nach dem Minigolf erst mal in der Pension.«

»Und du brauchst nicht mit oder wie?«, wollte Tabea misslaunig wissen. Auch Annika warf ihrem Mann einen fragenden Blick zu. So wie es aussah, wollte er ihr das Vergnügen mit den Kindern allein überlassen. Mit rudernden Armen scheuchte Thomas die Christiansen-Schar auf. »Wir müssen noch was erledigen. Kommt Leute!« Verwundert ob der angekündigten *Erledigungen*, erhoben sich Sonja, Udo, Hermann und Frank und standen sich dabei gegenseitig im Weg, stießen mit Hüften, Hintern und Ellenbogen aneinander und brachten sich aus dem Gleichgewicht. Thomas gab der verdutzten Annika einen Kuss auf den Scheitel. Sie fühlte sich allein gelassen, sah aber ein, dass sie in dieser Ausnahmesituation nachsichtig sein musste. Thomas hatte sicher seine Gründe fürs Schwänzen. Da war sie fast sicher.

Der Junge schlenderte den Wiesenweg entlang und schwang vergnügt seinen Jutebeutel. Irgendetwas war an ihm wie aus einer anderen Zeit, oder vielleicht, dachte Thomas, war das hier ein aus der Zeit gefallener Ort, an dem Kinder unbekümmert über Wiesen liefen und an Feldthymian schnupperten, statt sich mit Helmen und Handys bewaffnet durch Lärm und Verkehr zu kämpfen. Der Junge machte nicht den Eindruck, sich daran zu stören, mutterseelenallein unterwegs zu sein. Er wirkte mit sich selbst zufrieden und schien die Freiheit zu genießen, dass niemand etwas vorschrieb oder verbot, nicht mal ein gepflasterter Weg, der ihm sagte, wo es langging. Die ganze Insel lag ihm zu Füßen. Er wähnte sich unbeobachtet. Von wegen! Der Junge bog rechts hinter einer Dreiergruppe Birken ein und fünf Christiansens verfolgten das und ihn sehr genau. Thomas glaubte, der Junge würde sie zu Agathe führen. Deshalb hatte er zur Verfolgung aufgerufen. Natürlich mussten sie vorsichtig sein. Falls der Junge und seine Eltern wirklich etwas mit Agathes Entführung zu tun hatten, konnten sie auf unangekündigte Besuche gewiss verzichten. Nicki spazierte auf einen Neubau zu, mit blauen Dachziegeln und blauen Fensterrahmen. Neben der Tür hing ein Schild an einer schwarzen Eisenkette *Ferienwohnung belegt*. Der Junge schloss die Haustür aus weißem Kunststoff auf, die an eine Zahnarztpraxis erinnerte. Die Christiansens warteten noch einen Augenblick im Schutz einer Esche, dann lief Udo los, geduckt durch den Vorgarten. Fest den Rücken an die Hauswand gepresst wagte er vorsichtig einen Blick durch das Fenster. Er sah den Jungen, der sich aus dem Kühlschrank eine Fanta nahm. Die Eltern waren nicht zu sehen, Agathe ebenfalls nicht.

»Können wir Ihnen behilflich sein?«

Hermann, Sonja und Thomas fuhren erschrocken herum. Ein Mann und eine Frau, auf den ersten Blick sympathisch und unschuldig, standen da und schauten die hinter den Eschen versteckten Christiansens verwundert an. Thomas trat selbstbewusst aus dem Schatten des Baumes. »Vielleicht«, antwortete er couragiert, obwohl ihm das Herz bis zum Hals schlug.

»Und wie?«, fragte der Mann. Er schien ehrlich interessiert. Schwer zu sagen, ob sich dabei irgendetwas an seinem Blick änderte, denn der war von Natur aus aufgrund dicker schwarzer Augenbrauen recht finster.

»Wohnen Sie hier?«

»Ja«, nickte die Frau auskunftswillig. »Wir haben die Ferienwohnung gemietet. Ihr Kollege da vorn hat ja schon einen Blick hineingeworfen.«

»Dann ist das Ihr Sohn, der da …« Frank zeigte auf das Haus, wo Udo gerade so tat, als würde er im Gras vor dem Fenster etwas suchen.

»Hat Nicki was angestellt?«

»Angestellt nicht direkt«, stammelte Frank. Er war von der Ahnungslosigkeit der beiden verunsichert; entweder sie waren gute Schauspieler oder tatsächlich völlig harmlos.

»Sagen wir mal so, er hat uns was ausgerichtet«, erklärte Thomas.

»Nicki? Was hat er Ihnen denn ausgerichtet?« Der Mann sprach plötzlich mit gedämpfter Stimme und seine Frau begann an ihrem Ohrläppchen zu fummeln. Ihr Nicki schien ihnen für gewöhnlich keinen Kummer zu bereiten.

»Er sagte, dass …, dass Sie …« Frank kam sich plötzlich lächerlich vor. Von diesem Ehepaar ging garantiert keine unmittelbare Gefahr aus.

»Also, Sie …«, setzte Frank erneut an. »Haben wir Sie irgendwie gestört?«

»Ich verstehe nicht«, sagte die Frau und stellte ihre Tasche ab. »Worum geht es denn? Was hat Nicki gemacht?«

»Ach«, Frank winkte ab, »das ist vielleicht nur so eine kleine Reiberei unter Kindern. Seine Tochter«, er zeigte auf Thomas, »die …, ach, nicht schlimm. Wenn Sie kein Problem mit uns haben, dann …«

»Irgendwie habe ich langsam schon ein Problem mit Ihnen«, sagte der Mann. »Können Sie bitte zum Punkt kommen?«

»Wir könnten Nicki selbst fragen, was er uns gestern genau mitteilen wollte«, schlug Thomas vor, womit die Eltern des Jungen einverstanden waren. Gemeinsam gingen alle zum Haus, wo Udo kurz aufschaute, freundlich grüßte und behauptete, auf der Suche nach seiner verlorenen Uhr zu sein. Das Ehepaar schenkte sich die Nachfrage, wie seine Uhr unter ihr Fensterbrett gekommen sein soll. Die Frau klopfte an die Haustür. Als Nicki öffnete, konnte er sich ein Grinsen nicht verkneifen.

»Kennst du die Leute?«, fragte sein Vater.

Nicki zuckte mit den Schultern. »Kann sein.«

»Die Herrschaften haben eine Frage an dich.«

Thomas bemühte sich, freundlich zu bleiben. »Du hast gesagt, deine Eltern könnten ziemlich unangenehm werden, wenn wir unsere Omma nicht zurückpfeifen, oder hatte ich das falsch verstanden?«

»Haben Sie falsch verstanden«, antwortete Nicki skrupellos. Seine Mutter legte ihm den Arm um die Schultern, als müsste sie ihn vor diesen komischen Leuten beschützen.

»Ich höre eigentlich noch ganz gut«, ließ Thomas nicht locker. Nicki schwieg.

»Das hast du also nicht gesagt?«, hakte sein Vater nach.

»Und wenn, dann war's nur Spaß«, erwiderte der Junge.

»Und die Sache mit Burkhard?« Thomas blieb dran.

»Welcher Burkhard?«

»Kennst du einen Burkhard?«, fragte die Mutter.

Nicki schüttelte den Kopf.

»Gut, dann ist die Sache geklärt?« Der Vater sah erleichtert in die Runde. Da niemand Gegenteiliges verlauten ließ, beschloss Nickis Mutter, dass dem so sei – Sache geklärt. Missverständnisse ließen sich hin und wieder wohl nicht vermeiden, gab sie noch zum Besten, bevor sie ihre beiden Liebsten ins Haus schob und hinter sich die Tür schloss.

»Schamloses Früchtchen«, nannte Frank den Jungen.

»Aber seine Eltern?« Thomas sah in die Runde. »Die wissen von nichts.«

»Sicher?« Udo wirkte nicht überzeugt, aber Thomas war sich sicher und begründete das mit dem Beruf seiner Frau. Er habe ein gutes Gespür für Schauspielerei.

»Der Entführer hatte keine Kinderstimme«, sagte Sonja, aber auch ihr war Nicki suspekt. »Vielleicht hat er einen Komplizen. Klausen?«

»Der ist doch tot«, sagte Hermann und verdrehte die Augen.

»*Wir* haben ihn tot nicht gesehen«, giftete Sonja zurück. »Und für einen Toten war er ziemlich schnell aus dem Hagebuttenstrauch verschwunden.«

Thomas schlug vor, hier die Stellung zu halten. Irgendwann würde Nicki das Haus wieder verlassen und dann könnte man sich an seine Fersen heften.

»Gegenvorschlag!« Frank hob die Hand. »Wir tun lieber, was der Entführer verlangt hat, und warten ab. Mit unseren Recherchen machen wir unnötig die Pferde scheu. Stellt euch mal vor, wir sind hier aus Versehen an den Richtigen dran und die bekommen uns nicht abgeschüttelt!«

»Oh, das wäre blöd«, sah Sonja ein.

»Abbruch«, sagte Hermann. Somit war Thomas überstimmt.

Das Problem mit dem Minigolf auf der Insel war, dass es überhaupt keinen Minigolfplatz gab. Annika war mit ihren übellaunigen Kindern ziellos durch den kleinen Ort gelaufen, bis sie auf die Idee kam, sich in der *Sanddornhütte* zu erkundigen. Sie rief Böhmi an. Es habe hier noch nie jemand einen Minigolfplatz vermisst, behauptete die Wirtin, und bevor sie es vergesse, es sei ein Brief für Familie Christiansen abgegeben worden, ein länglicher mit Sichtfenster, ohne Absender. Vorn stehe drauf: Christiansen, *Sanddornhütte*. Die Kutscherin habe ihn auf ihrem Planwagen gefunden. Annika setzte sofort einen Notruf in der Familien-WhatsApp-Gruppe ab. Anschließend rief sie ihr ganzes schauspielerisches Können ab, um ihren Kindern ein: »Also, der Reiterhof ist hier gleich um die Ecke« unterzujubeln. Deren Verwunderung über den Reiterhof begegnete Annika mit völligem Unverständnis. Von Minigolf habe sie nie etwas gesagt, es gebe ja hier nicht mal einen Minigolfplatz. »Reiten wollte ich mit euch gehen«, behauptete sie. »Von was anderem war nie die Rede. Na, wenn ihr Minigolf verstanden habt«, vergnügt strubbelte sie den beiden Kindern durchs Haar, »dann brauche ich mich ja nicht zu wundern, dass ihr mir die ganze Zeit so lustlos hinterhergetrottet seid.«

»Wenn du kein Geld fürs Lügen bekommst, bist du wirklich eine schlechte Schauspielerin«, attestierte Tabea.

Hermann riss den Umschlag auf. Die anderen sahen ihm dabei gebannt zu. Er zog ein Blatt Papier heraus und las: »Planänderung: Morgen 9 Uhr. Kapitänsweg 2. Austausch. Keine Polizei.« Frank riss seinem Onkel den Brief aus der Hand. »Was soll denn der Scheiß?«

»Was für ein Austausch?« Sonja stellte sich auf Zehenspitzen, um über Thomas' Schultern zu gucken. Die 9 war verschmiert, als sei ein dicker Wassertropfen daraufgeklatscht. Geregnet hatte es in den vergangenen Tagen nicht. Ob jemand geweint hatte? Vielleicht waren das die bitteren Tränen von Agathe? Oder war das ein dicker, verschwitzter Finger, so einer wie Klausen ihn hatte? Aber der war ja nun wirklich tot.

»Austausch steht da.« Auch Thomas konnte nun einen Blick auf das Blatt werfen und deutlich sehen, was dort geschrieben stand. *Planänderung: Morgen 9 Uhr. Kapitänsweg 2. Austausch. Keine Polizei.* Lesen konnte Sonja natürlich selbst. »Aber was soll das bedeuten? Austausch?!«, hätte sie gern gewusst.

»Dass die was austauschen wollen«, erklärte Hermann nach einem Moment der Stille.

»Ja, aber was wollen die denn austauschen?« Sonja wurde unruhig. »Oder wen? Die haben ja nur Agathe.«

»Dann wird's die wohl sein«, antwortete Hermann spröde.

»Und was haben wir?« Sonja ließ sich vom Ton ihres Mannes nicht entmutigen, ihre Überlegungen fortzusetzen. »Eine Schatzkarte könnten wir haben, auf die sie scharf sind. Jedenfalls könnten sie das glauben.«

»Quatsch«, wiegelte Hermann ab. »Dann hätten sie Agathe gleich gegen die Schatzkarte getauscht.«

»Vielleicht hat sie erst jetzt geschafft, ihre Entführer davon zu überzeugen, dass wir wirklich eine haben«, konterte Sonja. »Oder Agathe hat gesundheitliche Probleme bekommen«, mutmaßte Frank. »Oder nervt inzwischen so, dass sich die Entführer eine kooperativere Geisel wünschen.« Den Gefangenenaustausch hielten alle nach kurzer Überlegung für die wahrscheinlichste Variante. So stellte sich die Frage, *wen* man eintauschen wollte. Frank zählte acht Möglichkeiten, woraufhin sich Thomas empörte, dass man seine Kinder und die Mutter seiner Kinder vernünftigerweise aus der Rechnung herausnehmen müsste. Genau genommen auch ihn, denn die Familie würde zur Sicherheit morgen früh abreisen.

»Wie, ihr reist ab?«, entrüstete sich Frank.

»Wir nehmen morgen die erste Fähre«, klärte Thomas auf. »Die ganze Situation ist aus dem Ruder gelaufen. Dass wir mit Timmy und Tabea noch hier sind, ist unverantwortlich.«

»Ihr verlasst das sinkende Schiff und sagt's keinem?«

»Na, hör mal, wir haben Kinder!«, wehrte sich Thomas.

»Und ich habe zu Hause zwei Meerschweinchen.«

»Also, Frank, das ist ja nun nicht das Gleiche«, versuchte Sonja ihren bockigen Neffen zur Ordnung zu rufen. Frank sah den Mann seiner Cousine voller Verachtung an, bevor er sich an die anderen wandte:

»Gut, dann sind wir also noch vier Idioten, die in Frage kommen. Wen tauschen wir gegen Agathe ein?«

»Immer die Sau, die grunzt«, antwortete Hermann verstimmt.

»Natürlich!« Frank hob die Arme in die Luft. »Wen sonst?«

»Nein!« Udo zog die Nase hoch und malte mit der Fußspitze einen schwarzen Gummiabrieb auf dem Boden nach. »Du musst das nicht machen.«

»Wer denn?«, fragte Sonja etwas taktlos.

»Du vielleicht!?«, schoss Frank zurück. »Mit dir reden die doch am liebsten.«

Aus der Küche kam Böhmi mit drei Tellern einer mehrschichtigen Torte. »Entschuldigung, Sie stehen im Weg«, rief sie den Christiansens im Vorbeieilen zu und stöhnte, weil ihr durch das Slalomlaufen ein Tortenstück zur Seite kippte. Konnte es sein, dass sie noch nichts vom Tod ihres Angehörigen erfahren hatte? Christiansens rückten ein paar Schritte näher zusammen.

»'tschuldige.« Frank klang nun versöhnlicher. »Ich meine ja nur, vielleicht hast du nicht richtig hingehört. Vielleicht haben sie gesagt, wen oder was sie gern für Agathe hätten. Du hast mit denen telefoniert.«

»Stimmt«, nickte Udo.

»Was stimmt!?!«, gnatzte Hermann.

»Vielleicht haben sie irgendetwas gesagt, das Sonja nicht ganz ...«

»Ich glaube nicht.« Sonja schüttelte den Kopf. Trotzdem überlegte sie, ob vielleicht doch. Hermann schlug sich auf ihre Seite. Er sah seinen Bruder herausfordernd an. »Ich schlage vor, du machst es. Du hast uns das schließlich eingebrockt.«

Udo holte umgehend zum Gegenschlag aus: »Oder du. Du könntest zur Abwechslung ja auch mal was machen oder eine eigene Idee haben, statt immer alles nur zu boykottieren, besser zu wissen oder die Drecksarbeit anderen, also der Polizei zu überlassen.«

Thomas überlegte kurz, die Moderation zu übernehmen und

auf die Regel Nummer 1 aus seiner Paartherapie zu verweisen, die besagt, dass sich Wortkombinationen aus ›du‹ und ›immer‹ äußerst ungünstig auf einen produktiven Gesprächsverlauf auswirkten. Aber Udo preschte zu schnell vor, als dass man noch irgendwo Kommunikationsregeln hätte unterbringen können. »Oder kommt's dir ganz gelegen, fürs Häuschen auf Mallorca?«

Hermann ergriff Udo am Pullover. Udo befreite sich mit einer energischen Halbdrehung seines Arms. Daraufhin begann Hermann zu schubsen. Udo schubste zurück. So schubsten sie sich ein paarmal hin und her, bevor sie ihre rechten Schultern gegeneinanderdrückten und begannen, sich wie zwei ineinander verkeilte Hirsche zu schieben.

»Als ob du schon mal eine eigene Idee gehabt hättest«, schnaufte Hermann. »Das wächst doch alles auf dem Mist von deiner Brigitte. Schon immer. Die plant von langer Hand. Und jetzt haben wir hier die Scheiße. Das kommt davon, wenn man zeit seines Lebens den Absprung nicht ...«

»Halt die Schnauze!«, unterbrach Udo.

Hermann dachte nicht daran. »Ich habe wenigstens Entscheidungen getroffen!«, keuchte er. »Und zwar jeden Tag und keine einzige davon war falsch. Alles sicher entschärft.«

»Ja, immer alles mit Berechnung«, schimpfte Udo. »Nur wegen eurem Mallorca seid ihr mitgekommen. Denkt ihr, wir sind alle blöd?«

Hermann holte aus. Seine Faust traf die Nase seines Bruders frontal. Udo torkelte zwei Schritte rückwärts gegen einen Tisch. Thomas griff zum Serviettenspender und wischte das Blut weg, das auf den Tisch tropfte. Frank rührte Thomas' Einsatz so, dass er spontan die ganze Verachtung wieder zurücknahm.

»Ey«, rief Böhmi. Sie hatte gerade erst sauber gemacht. Blut und Klopperei passten ihr jetzt gar nicht. »Kann ich irgendwie helfen?«, fragte sie schroff. Udo hielt sich eine zerknüllte Serviette an die Nase. Sonja rieb Hermanns Faust. »Wie die Kinder!«, entschuldigte sie sich bei der Hausherrin für den Auftritt. Böhmi verlangte, dass Familienzwistigkeiten bitte auf den gebuchten Zimmern ausgetragen wurden. So verlegten die Christiansens ihre Unterhaltung in das *Anker*-Zimmer. Da saßen sie, zuerst erschrocken über sich selbst. Mit der Zeit aber streckten sie ihre Rücken immer mehr durch. Sie hatten ja nicht geahnt, dass so viel Leidenschaft in ihnen schlummerte. Getragen von diesem Ehrgefühl sagte Sonja: »Ich mach's. Ich tausch mich ein.«

»Sonja!«, sagte Hermann, so wie er das oft sagte, wenn sie wieder mit ihren Sperenzien um die Ecke kam, nur viel milder. Und er war sich in diesem Moment so sicher wie nie zuvor: Natürlich wollte er mit ihr nach Mallorca auswandern! Selbstverständlich! Vergessen und verziehen war ihr gleichgültiges Geschnarche in der Nacht, als Agathe verschwand. Was Hermann hingegen nicht wollte, war, seine Sonja gegen seine Mutter einzutauschen. Als Kind hatte er sich oft derlei moralische Fragen überlegt: ›Wenn ich aussuchen müsste, an wen ich einen Zünder montiere, Mama oder Papa? Wer soll explodieren?‹ In Wirklichkeit wollte niemand so etwas entscheiden müssen.

»Nein, ich mach's.« Frank stellte sich neben seine Tante und sah heroisch an allen vorbei ins Nichts. Insgeheim hoffte er auf einen Einwand, der ihn vor seiner eigenen Courage beschützte, aber Einwände blieben aus. Nur bei Thomas war noch eine kleine Frage offen: »Du meinst, deine Meerschweinchen schaffen's auch ohne dich?« Obwohl Frank mal wieder die nötige Wertschätzung vermisste, fiel er in die Erheiterung der anderen mit ein. Das Lachen hielt an, bis sich, zum ersten Mal seit dem brüderlichen Faustschlag, Hermann und Udos Blicke trafen und man gemeinsam verstummte. Die Planung des Gefangenenaustausches begann. Frank bekräftigte kühn seine Rolle als Pfand. Sonja wurde zur Verhandlungsführerin auserkoren, und Thomas gab bekannt, dass er Udo und Hermann im Backoffice unterstützen würde, während Annika mit den Kindern morgen allein abreisen sollte. Wie genau der Einsatz im Backoffice aussah, ließ sich schlecht vorhersagen. Thomas schlug vor, dass sein Schwiegervater für eventuelle Fälle seine Pistole dafür bereitstellte. Die anderen fanden das sofort eine gute Idee. Nur Hermann gab sich unwissend. Eine Pistole? Von welcher Pistole hier die Rede sei?

»Na die, die du seit Jahrzehnten überall mit hin schmuggelst.« Thomas erzählte, dass Annika ihm schon bei ihrem allerersten Treffen damit gedroht habe, dass ihr Vater oft bewaffnet unterwegs sei.

»Du hast sie doch nicht vergessen, oder?«, erkundigte sich Sonja erstaunt.

Hermann lachte. »Wo soll ich denn eine Waffe herhaben?«

»Wo du sie herhast, weiß ich nicht«, antwortete Sonja, »aber wo du sie aufbewahrst. In diesem albernen Etui für Manschettenknöpfe. Dabei besitzt du überhaupt keine Manschettenknöpfe.«

Hermann widersprach. Selbstverständlich besaß er welche. Er würde gleich mal nachsehen, ob er sie dabeihatte. Die Pistole konnte anschließend nicht weiter diskutiert werden, da Annika mit den Kindern vom Reiterhof zurückgekehrt war.

In der Nacht war es totenstill in der Pension. Einmal raschelte eine Bettdecke sehr laut, aber Sonja zog ihren Mann zurück ins Bett. »Keine Polizei!«, murmelte sie.

VI

Bereits um 8:40 Uhr standen Frank und Sonja im Kapitänsweg vor einem Bungalow mit quadratischen Fenstern. Die dicken, braunen Fensterrahmen und die Gardinen hinter den Scheiben machten das Haus noch unsympathischer, als es ohnehin schon war. Es glotzte sie an, lauerte wie ein Tier. Die gänseblümchengepunktete Wiese versuchte mit Fröhlichkeit von der Gefahr des Hauses abzulenken. Das unbebaute Grundstück links neben dem Haus bot mit seinen hohen Gräsern und den Fliederbüschen gute Verstecke für alle, die sich vorgenommen haben, ein Familienmitglied aus der Gewalt von Entführern zu befreien. Dennoch hockten Udo, Hermann und Thomas nicht in den Fliederbüschen, sondern suchten auf der gegenüberliegenden Seite zwischen Birken und Eichen Unterschlupf. Einen guten Sichtschutz bot eine mannshohe Tafel, die *Eis, Fischerhemden, Mützen, Silberschmuck, Milchreis und Maritimes in 350 Metern links* feilbot.

Sonja schob die Hand in die Tasche ihrer Windjacke und umklammerte den Pistolenschaft. Sofort begann ihre Hand zu schwitzen, wie Hermann es ihr prophezeit hatte. Sie war immer noch ganz gerührt, dass er ihr die Pistole überlassen, sie ihr zugetraut hatte. Das zeigte das ganze Potenzial für charakterliche Veränderungen, das noch in ihm schlummerte, trotz des Alters. Sonja hatte ja geahnt, dass sich Entdeckungen von atemberaubender Schönheit machen ließen, vor allem an sich selbst, sobald man die Trampelpfade der eigenen Insel verließ. Unter anderem darum wollte sie auch auswandern: um sich und ihren Ehemann neu zu entdecken. Sonja ließ die Pistole los und wischte die schweißnasse Hand an der Hose ab. Dann griff sie erneut in die Jackentasche und versuchte sich zu konzentrieren, aber das Geschwitze machte sie nervös. Sie sah im Geist, wie ihr die Pistole aus der Hand flutschte, gerade wenn es darauf ankam. Diese Vorstellung führte zu einem erweiterten Schweißausbruch, dabei hatte sie dieses unkontrollierte Transpirieren eigentlich schon ein paar Jahre hinter sich. Neben ihr schwitzte Frank genauso wechseljahrenhaft. Ein Tropfen rann ihm an den Schläfen hinab. Er sah auf die Uhr. Sie waren zu früh, aber unter keinen Umständen wollten sie ein Risiko eingehen. Falls Agathe ihnen irgendetwas in dieser ganzen Angelegenheit jemals verzeihen würde, *das* würde sie ihnen garantiert nicht durchgehen lassen. Wenn ein reibungsloser Austausch an Unpünktlichkeit scheiterte, würde sie das ihren Liebsten den Rest ihres Lebens aufs Brot schmieren und sie würde es zu verstehen wissen, ihnen das Gefühl zu geben, der Rest ihres Lebens dauere bis in alle Ewigkeit.

»Hallo. Sie trifft man ja auch überall und nirgends. Wie geht's?« Die Polizistin bremste und stieg von ihrem Rad. Interessiert sah sie von einem schweißgebadeten Christiansen zum anderen. Sonja ließ unauffällig den Blick an ihrer Jacke hinunterwandern. Durch den dünnen Stoff zeichneten sich ihre Faust und die Pistole ab. Mit dem Handrücken drückte sie die Jackentasche von der Pistole so weit weg wie möglich.

»Gut. Danke.« Frank nickte.

»Und die Oma wieder gesund?«

»Noch nicht ganz.« Sonja lächelte, aber es blieb nur ein kurzes Zucken der Mundwinkel, dann warf sie noch einen besorgten Blick auf ihre Jacke.

»Wir wollen Sie nicht aufhalten«, floskelte Frank. »Sie haben es bestimmt eilig.«

»Nein.« Sabina Kunz stützte sich mit den Händen auf den Lenker. »Eigentlich nicht.«

»Aber der Einbruch und der Tote«, erinnerte Frank sie an ihre aktuellen Aufgaben. »Viel zu tun!?«

Frau Kunz wiegelte ab. »Alles in Arbeit und unter Kontrolle. Herr Doktor Lupke hat meinen Verdacht bestätigt, Herzinfarkt, und der Einbruch – na ja, so kann man das eigentlich gar nicht nennen. Das war wohl mehr ein kurzer Eintritt. Ich vermute, da hat sich jemand in der Tür geirrt. Das Zimmer war ja nicht vermietet, folglich gab es nichts zu holen.« Sie lachte und lehnte nun die Unterarme auf den Lenker. Eilig hatte sie es augenscheinlich nicht. Die Christiansens, auch die versteckten hinter der Werbetafel und den Bäumen, wurden nervös. Wenn sich die Entführer in dem Bungalow befanden und sie jetzt mit der Polizistin sahen oder falls die Peiniger gleich mit Agathe zur Übergabe auftauchten und davon ausgehen mussten, dass sich Frank und Sonja polizeilichen Beistand mitgebracht hatten, dann könnte das brandgefährlich werden. Sonja fragte sich, falls Frau Kunz zu lange brauchte, um den Ernst der Lage zu realisieren, ob sie es dann wohl wagen würde, nur so zur Sicherheit, die Waffe auf die Entführer zu richten.

»Ein Herzinfarkt, einfach so im Gebüsch?« Frank sah die Polizistin ungläubig an.

»Sieht so aus«, nickte sie und klappte den Fahrradständer hinunter. »Schauen Sie, das macht diese Insel aus, diese Sandwege, die Luft, die Farben. Hören Sie die Vögel? Ist einfach schön hier!?!«

»Ja«, bestätigte Frank. »Schön. Wir müssen nur ... und Sie bestimmt auch.«

»Nein.« Frau Kunz schüttelte den Kopf. »Ich mache jetzt mal meine wohlverdiente Frühstückspause.« Sie setzte sich am Wegrand ins Gras. Hinter ihrem Rücken stieg die Verzweiflung der Christiansens. Dieses Mal war es Hermann, der eine Idee hatte. *Ruf sofort die Polizistin an. Ist hier und muss weg,* simste er seiner Tochter, die mit den Kindern am Hafen auf die Fähre wartete. Die Polizistin zückte ihr Handy. »Ah, ach so, okay, gut ... Ja, ich mache mich auf den Weg«, versprach sie.

Frank konnte sich plötzlich vorstellen, dass er in Stresssituationen zum Hyperventilieren neigte, auch wenn das noch nie vorgekommen war. Er hatte allergrößte Mühe, seinen Atem unter Kontrolle zu halten. Und Sonja, die auch bemerkt hatte, dass sich die Gardine im Bungalow bewegte, hielt die Luft an. Der Inselsheriff schien es immer noch nicht eilig zu haben. »Da vermisst jemand ein Fahrrad«, erzählte sie auskunftsfreudig. »Aber das ist wie mit Ihrer Oma. Taucht alles wieder auf. Ein Fahrrad ist hier jedenfalls noch nicht geklaut worden. Einen Bankraub hat es mal gegeben.« Sie sah die beiden erwartungsvoll an. Weil die keine Reaktionen in ihren versteinerten Gesichtern zeigten, wiederholte sie: »Einen Bankraub hat es hier mal gegeben.«

»Aha!« Frank presste lächelnd die Lippen aufeinander.

»Da hat jemand die blaue Bank unten am Hafen einfach hinters Haus gestellt«, freute sich die Polizistin. Spätestens jetzt hätte jeder ambitionierte Polizist merken müssen, dass hier etwas nicht in Ordnung war. Nicht mal aus Höflichkeit schmunzelte Sonja über den Gag. Frau Kunz hätte Sonjas Panik, dass sich in ihrer Jackentasche ein Schuss lösen könnte, riechen müssen. Sie hätte in Franks Atem die Angst, dass Geiselnehmer seine Großmutter hier gleich vor aller Augen hinrichteten, hören sollen, und sie hätte vielleicht Thomas' Gedanken hinter der Eiche erspüren können, der dort Vermutungen darüber anstellte, was den Inselsheriff eigentlich auf diese Insel verschlagen hatte. Eine Strafversetzung? Aber Sabina Kunz schien außer Enttäuschung darüber, dass ihr Witz nicht gut ankam, nur wenig zu erspüren.

»Also dann müssen Sie jetzt wirklich weiter.« Wie eine Aufforderung klang das von Frank.

Sabina Kunz nickte. »Immer mit der Ruhe. Der Mensch muss ja mal was essen.« Sie holte eine Tupperdose aus ihrer Fahrradtasche, öffnete sie und hob einen fünf Zentimeter dicken Pflaumenkuchen heraus, in den sie genüsslich hineinbiss. »Hat mir Böhmi gestern mitgegeben«, sagte sie kauend. »Müssen Sie probieren, falls Sie das noch nicht getan haben. Kuchen können die in der *Sanddornhütte*. Auch Torten!« Frau Kunz schloss hingebungsvoll die Augen. »Wann reisen Sie denn wieder ab?«

»Morgen.«

»Ah«, nickte sie. »Schlau. Einen Tag nach dem Abreisechaos. Urlaub geht immer schnell vorbei, oder? Ich arbeite ja zum Glück hier. Arbeiten, wo andere Urlaub machen.«

»Apropos arbeiten. Müssen Sie denn nicht ...« Sonja schaute die Polizistin entgeistert an.

»Zeit«, sagte sie, »ist der Luxus, den man sich hier gönnt. Und wenn da wirklich ein Fahrrad geklaut worden wäre, würde mir der Pflaumenkuchen jetzt nicht so gut schmecken. Ich bin mit einer ausgezeichneten Intuition gesegnet. Glauben Sie mir. Da weiß jemand nur nicht mehr, wo er sein Rad abgestellt hat. Oder jemand hat sich's mal kurz ausgeliehen. Kommt hier manchmal vor.« Die Polizistin geriet in allerbeste Plauderlaune. Frank sah auf die Uhr. 08:59. »Wir müssen los!«, sagte er und zog an Sonjas Windjacke. Seine Tante geriet mit den Händen in den Jackentaschen ins Straucheln. »Auf Wiedersehen!«

»Bis später!«, sagte die Polizistin und biss vom Kuchen ab.

»Wo willst du hin?«, flüsterte Sonja. »Es ist 9!«

»Die haut doch sonst nicht ab«, flüsterte Frank heiser. Er drehte sich um und hob lächelnd die Hand in Richtung Inselsheriff. Kauend verstaute Frau Kunz die Tupperdose wieder in der Fahrradtasche.

»Und wenn die sehen, dass wir wieder gehen und ihnen stattdessen die Polizistin vors Haus gesetzt haben?«, fragte Sonja. »Die Gardine hat sich bewegt.«

»Hab ich auch gesehen.« Frank hätte gern Argumente dafür gefunden, warum das nicht der Rede wert ist, wenn sich Gardinen bewegen, aber es fiel ihm in dem Moment kein einziges ein.

Nachdem Sabina Kunz den Kuchen weggepackt hatte, schien sie endlich für ihren nächsten Einsatz parat. Inzwischen musste man auch den hinter der Werbetafel hockenden Hermann nicht mehr zurückhalten. Der wünschte sich zwar immer noch professionelle Unterstützung, ihm wäre aber im Traum nicht mehr eingefallen, sich mit seinem Anliegen vertrauensvoll an die Polizistin zu wenden. Als Sabina Kunz außer Sichtweite war, hasteten Frank und Sonja zurück. Kaum standen sie wieder an Ort und Stelle des anberaumten Geiselaustausches, wurde die Tür im Kapitänsweg 2 einen kleinen Spalt geöffnet. Man sah niemanden, aber es ertönte ein Pfiff. Sonja hatte genau so einen Pfiff schon mal irgendwo gehört. Wo, das fiel ihr in diesem Moment größter Anspannung nicht ein. Sie zog die verkrampfte Hand aus der Jackentasche, um sie auszuschütteln. Anschließend umklammerte sie wieder den Griff der Waffe und schritt wagemutig auf die geöffnete Tür zu. Frank folgte der Verhandlungsführerin, schaute sich dabei noch mal um. Neben der Esche blitzte Udos rote Windjacke. Thomas lugte hinter seinem Versteck hervor, um zu versichern, dass das Backoffice auf Posten und einsatzbereit war. Vorsichtig stieß Sonja mit dem Fuß die Tür etwas weiter auf. »Hallo?«, sagte sie ins Innere des Hauses. Niemand war zu sehen, also traten sie ein. Der kleine Flur war weiß gefliest. An der Wand gegenüber der Garderobe hing ein Spiegel. Sonja erschrak über das Gesicht, das sie bitterernst anstarrte. Dass es ihr eigenes war, realisierte sie erst einen Moment später, auch, dass der Finger am Abzug wegen der Furcht nun sehr locker saß. Wie schnell geriet man in sein eigenes Visier!? Mit einem freudigen »Kuckuck« trat eine Frau aus einem Zimmer. Sonja hielt sich an Frank. Frank verlor das Gleichgewicht und hielt sich am Garderobenhaken. Beiden war die Frau bekannt. Es war die Kutscherin, die die Familie nach der Ankunft über die Insel gefahren und dann in die Pension gebracht hatte. Um die Pferde anzutreiben, hatte sie zwei-, dreimal solch einen Pfiff von sich gegeben.

»Wir brauchen nur einen von euch«, sagte sie und zuppelte ihren farbenprächtigen Wollpullover zurecht. Sie machte keinen besonders resoluten Eindruck. Frank hätte sich problemlos ohne Backoffice auf sie stürzen und im Alleingang überwältigen können, aber solange von Agathe nichts zu sehen oder hören war, war für Angriff nicht der richtige Zeitpunkt.

»Ich bin nur die Verhandlungsführerin«, erklärte Sonja ihre Anwesenheit.

»Was willst du denn verhandeln?«

»Ihr gebt uns Agathe und wir …«

»Ihr gebt uns dafür jemand anderen. So war das angesagt. Wir verhandeln nicht.«

»Also, es ist so«, begann Sonja. »In Wirklichkeit ist das alles ein riesengroßes Missverständnis. Es existiert gar keine Schatzkarte.«

Hinter einer Tür grunzte eine Männerstimme. Sonja umklammerte die Pistole fester.

»Keine Ahnung, wovon du redest«, sagte die Kutscherin. »Wir tauschen jetzt die Oma aus. Die nervt.« Sie piekte Frank kühn den Zeigefinger in die Brust. »Hoffe, du verhältst dich angemessener!«

»Was ist denn angemessen?«, erkundigte sich Frank.

»Einfach die Klappe halten, nicht stören und machen, was wir sagen.« Die Kutscherin hustete in ihre Faust. Jetzt roch Frank den Ammoniakgeruch, der aus ihrem Pullover dampfte.

»Und was wollen Sie dann mit mir machen?«

»Wir brauchen dich, damit keiner von euch zur Polizei rennt. Keine Angst, wir lassen dich laufen, sobald wir unsere Angelegenheiten erledigt haben und alles glatt gelaufen ist. Wenn sich alle an die Regeln halten, passiert nix. Haben wir doch gesagt.«

Frank griff nach Sonjas Hand, um sich selbst Mut zuzusprechen. »Du, ich geh dann einfach mal.« Aber Sonja wollte ihrer Aufgabe als Verhandlungsführerin gewissenhaft nachkommen. Sie hielt ihn mit ausgestrecktem Arm zurück. »Zuerst meine Schwiegermutter!«

»Nö. Er geht da rein!« Die Kutscherin zeigte auf den Raum, aus dem sie und auch das Grunzen gekommen waren. »Und wir schicken die Alte dann dafür raus.«

»Ist sie da drinnen?« Sonja stellte sich auf die Zehenspitzen und rief über die Schulter der Kutscherin. »Agathe? Agathe!? Bist du da drinnen?«

Es blieb still hinter der Tür. Sonja wuchs mit ihren Aufgaben. »Erst sie, dann er!« Entschlossen sah sie die Kutscherin an. Auch die blieb eisern. »Erst er, dann sie!«

»Du, ich geh einfach mit.« Frank befürchtete, dass sich Sonjas Widersetzen negativ auf die Umstände seiner Gefangenschaft auswirken könnte, oder dass ihre Aufmüpfigkeit als Regelbruch galt und ihm Schreckliches drohte. Aber Sonja wollte sich weder abwimmeln lassen, noch dass ihre Schwiegermutter den Weg in die Freiheit allein beschreiten musste.

»Dann komm ich mit rein und nehme Agathe mit raus«, schlug sie vor. Die Kutscherin knabberte am Fingernagel. »Meine Güte, von mir aus«, sagte sie schließlich. In ihren Hausschuhen schlurfte sie voran. Sonja überlegte kurz, ob sie die Schuhe ausziehen sollte, fand die Aktion in Anbetracht der Situation aber überflüssig. Es roch nach Kaffee. Die Kutscherin stieß die Tür zur Küche auf. An einem quadratischen Küchentisch saß Agathe. Vor ihr standen ein Stück Pflaumenkuchen, etwa fünf Zentimeter dick, so wie der aus der polizeilichen Tupperdose, und ein kleiner Schokobecher, halb gefüllt mit Eierlikör. Neben ihr lag ein beschriebener Kniffelblock. Ihr gegenüber saß Klaus Klausen, lebendiger als jede Kirchenmaus. Er hatte eine Hand am Würfelbecher, die andere auf seiner Wampe abgelegt. Sonja zog reflexartig die Waffe aus der Jackentasche und richtete sie auf ihn. Die Kutscherin, die neben Agathe und Frank stand, hob erschrocken die Arme. Mit etwas Verzögerung stellte Klausen den Würfelbecher ab und hob ebenfalls die Hände.

»Da schießt du ein bisschen übers Ziel hinaus, meine Gute«, wies Agathe ihre Schwiegertochter liebevoll zurecht. Sonjas Hand begann zu zittern. Sie drehte sich zu Agathe, so dass die Mündung jetzt auf sie zielte. Agathe hob den Zeigefinger: »Hitchcock hat mal gesagt, wenn man eine Pistole auf den Tisch legt, muss man sie auch benutzen.«

Sonja drehte sich zurück zu Klausen, noch mal hin zu Agathe, wieder zu Klausen.

»Was machst du denn da?«, fragte Frank.

»Ich weiß nicht«, antwortete Sonja.

»Ich sitze hier und kniffel ein bisschen mit Herrn Klausen und seiner bezaubernden Lebensabschnittsgefährtin«, antwortete Agathe, an die Franks Frage gerichtet war. Unter einer bezaubernden Person stellte sich Frank etwas anderes vor. Jemanden mit Esprit und Charme statt mit nach Ammoniak stinkendem Pulli und ausgetretenen Puschen. Klausen ließ die Hände sinken. »Ute«, stellte sich die Lebensabschnittsgefährtin vor und öffnete eine Schranktür. »Tässchen Kaffee?«

»Und wo sind eure Entführer?« Sonja legte die schwere Waffe auf dem Küchentisch ab.

»Ach, meine gute Sonja«, sagte Agathe mitleidig.

Ute stellte zwei leere Tassen mit Untertellern neben die Pistole und nahm die Glaskanne aus der Kaffeemaschine. »Also, was jetzt?«, fragte sie und schaute ihrerseits in fragende Gesichter.

»Nein, danke!«, lehnte Sonja ab und schob die Waffe zur Sicherheit ein Stück weiter in die die Mitte des Tisches.

»Oma!« Frank hockte sich neben Agathe und nahm ihre Hand zwischen seine.

»Hilfe«, kicherte sie. »Du willst mir jetzt wohl keinen Antrag machen?«

Klausen schnaubte wie ein Haflinger.

»Das ist nicht dein Ernst, das hier alles!« Frank ließ den Finger einmal in der Luft kreisen.

»Ich wollte mal sehen, wen ihr mir schickt«, erklärte Agathe fast trotzig. »Hab's mir gedacht, Frankie, dass es dich trifft.«

Sie nahm den Schokobecher zwischen Daumen und Zeigefinger. »Ich werde es berücksichtigen!« Mit diesem Versprechen kippte sie sich den Rest Eierlikör in den Mund und versuchte, mit der Zunge den Becherboden abzulecken. Dass sie Frank bei einer weiteren Änderung in ihrem Testament berücksichtigen wollte, hatten alle verstanden, aber Sonja war noch immer weit davon entfernt zu kapieren, was sich da abspielte. Sie hatte die Orientierung verloren, auch zeitlich. Mit einem Blick zur Uhr versicherte sie sich, dass es trotz Eierlikör und ihrer Erschöpfung wirklich erst kurz nach 9 am Morgen war. Agathe schob die Gabel in den Kuchen. »Eine Schatzkarte und ein Herzinfarkt?! Für wie blöd haltet ihr mich?«

»Für gar nicht blöd«, beteuerte Frank. Unter dem Fensterbrett sah man Udos Rücken wie den Buckel eines Wals vorbeischwimmen.

»'tschuldigung«, sagte Klausen und lachte. Aus dem Lachen wurde ein rauer Husten. Er schlug sich mit der Faust gegen die Brust und hustete kräftig weiter, bevor er sagte: »Nehmen Sie's mir bitte nicht übel, aber die Oma hat besser gezahlt.«

»Wie? Gezahlt?«, fragte Sonja.

»Mensch, Tante Sonja! Sie hat ihn bestochen. Sie hat uns durchschaut und ihn bestochen. Einfach den Spieß umgedreht!«, sagte Frank.

»Ja?« Sonja lächelte unsicher. Sie hatte zwar immer noch nicht ganz kapiert, aber das Gefühl, dass Agathe mal wieder etwas angestellt hatte, worüber man schmunzelnd den Kopf schütteln musste. »Und dieses Ehepaar, das du ...«

»Dir ausgedacht hast?«, schimpfte Frank.

»Und der Einbruch ...«, fiel Sonja ein.

»Den es gar nicht gab.«

»Ihr seid so einfältig«, beschwerte sich Agathe. »Von wem habt ihr das bloß?«

Sonja zuckte schuldbewusst die Schultern. Agathe fuhr fort: »Wisst ihr, Kinder, beim Personal habt ihr alles falsch gemacht, was man nur falsch machen kann. Ein Freund und ein geldgieriger Kerl sind keine guten Mitstreiter. Ich empfehle einen Überläufer, eine geschmierte Polizistin und gelangweilte Kinder. Der Junge war am besten. Preiswert und gut.«

»Preiswert und gut«, wiederholte Sonja nachdenklich, als hätte sie ein Puzzleteil in die Hand genommen und überlegte nun, wohin damit.

Agathe griff zur Tasse, Klausen zur Waffe. Er wiegte die

Pistole kurz in der Hand, dann zielte er auf Frank und sah dabei Agathe an: »So, Mütterchen, schätze, Sie sind nicht die Einzige, die Spaß haben will.«

Agathe schlürfte sehr laut ihren Kaffee. Klausen fuchtelte mit der Pistole herum, so dass Frank die Arme in die Luft hob und »Vorsicht bitte« rief. Sonja streckte die Arme ebenso kerzengerade nach oben. Agathe drehte sich unbeeindruckt zu ihrem Enkel und fragte: »Habt ihr denn nicht mein Telefon kontrolliert?«

»Doch«, nickte Frank. Agathe stellte die Tasse zurück auf den Teller. »Dann verstehe ich nicht, warum ihr die Nummer nicht wenigstens zurückgerufen habt. Stattdessen müssen wir ständig Frau Böhm-Lauterbach stören und Ute muss euch noch eine persönliche Einladung in die Pension bringen.«

»Hey, hallo«, sagte Klausen und stand auf, dass mit einem lauten Knall sein Stuhl umfiel. »Ich hab hier 'ne Knarre!«

Sonja stieß vor Schreck einen hohen Ton aus und torkelte mit zwei Schritten gegen den Besenschrank. Ute ignorierte die Pistole und alles, was gerade in ihrer Küche geschah. Vielmehr interessierte sie, was draußen vor sich ging. Sie stellte sich ans Fenster und schob die Gardine mit einem Finger ein kleines Stück zur Seite. Auch Sonja, Frank, Klausen und Agathe beobachteten Sabina Kunz, wie sie Hermann und Thomas im Polizeigriff hinter den Bäumen hervorzog. Die beiden ließen sich widerstandslos festnehmen. Frau Kunz löste die Handschellen von ihrem Gurt. Udo verließ sein Versteck hinter der Esche und streckte bereitwillig seine Arme aus, während er auf die Polizistin zuging. Statt ihn zu verhaften, steckte Sabina Kunz die Handschellen lachend zurück an ihre Hose und zeigte zum Fenster. Da die Gardine zwar die Sicht nach draußen, aber nicht nach innen zuließ, sah niemand, dass Klausen eine Pistole auf Frank richtete. Klausen schob Agathe den umgedrehten Kniffelblock hin und sagte: »Ist mein Ernst. Sie sind nicht die Einzige, die Spieße umdrehen kann. Schreiben Sie auf, was ich sage.«

»Burkerchen«, sagte Ute, ohne den Blick von Frau Kunz und den drei geschnappten Männern abzuwenden. »Jetzt werd nicht albern.« Agathe griff zum Kugelschreiber. Ihre Hand zitterte.

»Tes-ta-ment«, diktierte Klausen. »Hiermit lege ich fest, dass ich, Agathe Christiansen, nach meinem Tod Burkhard Wiedemann mein gesamtes Vermögen vermache. Hast du?« Er reckte den Hals. Agathe beendete ihren Satz mit einem sorgsam gesetzten Punkt. Sie schaute auf. »Ohne Orts- und Datumsanzeige ist das nichts wert.« Mit Testamentsänderungen kannte sie sich aus. Klausen fuchtelte mit der Pistole. Dann solle sie eben noch Ort und Datum irgendwo mit draufschreiben. Während Agathe in ihrer wackligen Schrift Buchstaben und Zahlen notierte, zeigte draußen Sabina Kunz wiederholt zum Fenster wie auf eine versteckte Kamera. Sie winkte lachend und stieß Hermann mit dem Ellenbogen in die Rippe, so dass er sich genötigt sah, ebenfalls zu winken. Ute schob erneut die Gardine etwas zur Seite und winkte zurück, um keinen Verdacht zu erregen. Mit breitem Grinsen fragte sie: »Burkchen, was machst du denn da? Nie weißt du, wann Schluss ist. Immer musst du's übertreiben.«

»So ein schöner neuer Planwagen für die doofen Touristen«, säuselte Klausen. »Das könnte dir doch gefallen, Herzchen!?«

Entzückt sah Ute zu Boden. »Joa!«

»Wartet mal.« Frank ließ die Arme sinken. Seine Schulter schmerzte. »Meint der das jetzt ernst mit der Pistole und dem Testament? Oder gehört das zu eurem ...«

»Natürlich mein ich das ernst!« Klausen wischte sich über das Gesicht. »Lass mich doch von so einer Oma nicht vor deren Karren spannen.«

»Sie müssen eines wissen, Herr Wiedemann«, meldete sich Agathe kleinlaut zu Wort. »Ich sag's Ihnen nur, damit es hinterher keine Beschwerden gibt. Enttäuschungen gehören wohl zu den schlimmsten Übeln des Lebens. Ich habe kein nennenswertes Vermögen. Wissen Sie, ich habe immer viel – sagen wir mal – gespendet. Der Pferderennbahn.«

»Ach, Sie werden schon noch genug unterm Kopfkissen haben! Das reicht uns. Sie haben doch erzählt, dass sich Ihr Sohn ein Haus auf Malle kaufen will, wofür er Kohle braucht.«

»Nee«, schritt Sonja nun mit noch immer hochgestreckten Armen ein. »So ist das nicht. Wie klingt denn das? Agathe, was denkst du von uns? Wir wollten doch nicht, wir wollten nur fragen, ob ...«

»Du hast dein Geld auf Pferde gesetzt?«, fiel Frank seiner Tante ins Wort.

»Herr Wiedemann, ich gebe Ihnen alles, was ich habe«, versprach Agathe. »Aber so hören Sie bitte auf, mit der Pistole herumzuwedeln!« In Agathes Brillengläsern spiegelten sich die Würfel, während sie mit dem Kugelschreiber unter ihr neuerliches Testament ein Blümchen malte.

»Sie haben doch selbst gesagt, dass man Pistolen, die auf Tischen liegen, benutzen soll.«

»Die kommen«, alarmierte Ute.

Sabina Kunz hatte sich mit den drei Männern in Bewegung gesetzt. Kurz bevor sie die Haustür erreichten, fuhren Tabea, Timmy und Nicki mit überschwänglichem Fahrradgeklingel ins Bild. Mit kurzer Verzögerung tauchte auch Annika auf. Thomas zeigte zum Fenster. Die Kinder nickten und lachten. Annika schüttelte mit todernster Miene den Kopf und stieg vom Rad. Die Kinder ließen ihre Räder in den Sand fallen und klatschten sich mit der Polizistin ab, bevor sie zur Tür stürmten und klingelten. Klausen schob das Kniffelblocktestament unter leisem Ächzen in seine Hosentasche. »Hier halt mal!« Er drückte Sonja die Pistole in die Hand und ging öffnen. Als die Kinder vorneweg und Sabina Kunz hinterher vergnügt in die Küche traten, hatte es Sonja gerade noch rechtzeitig geschafft, die Pistole zurück in ihre Jackentasche zu schieben.

»Naaaaaaa?«, freute sich Sabina Kunz. »Bombe geplatzt?«

Hinter ihr drängelten sich auch die anderen in die Küche. Die Polizistin machte eine ausladende Handbewegung: »Darf ich präsentieren: Hier sitzt er, ihr allergrößter Schatz.«

Ein erleichtertes und gleichermaßen vorwurfsvolles »Mama!« wehte durch den Raum.

»Ihre Mama ist so witzig!« Frau Kunz drehte sich begeistert zu Udo und Hermann um. »Und so ausgebufft.«

»Abgezockt«, nannte Tabea das.

»Und das ist alles allein auf deinem Mist gewachsen?«, fragte Annika.

»Euer Mist war das«, antwortete Agathe. »Ich habe dem nur ein bisschen Pepp gegeben.«

»Tja, wir müssen dann mal. Komm, Ute.« Klausen nahm Agathes Hand und schüttelte sie förmlich. »War nett, mit Ihnen Geschäfte zu machen. Unsere Fähre geht gleich. Sind spät dran.«

Sonja machte einen Schritt in Sabina Kunz' Richtung und fasste sich ein Herz: »Sie dürfen sie nicht gehen lassen«, beschwor sie den Inselsheriff. »Die haben Agathe eben gezwungen, ihr Testament zu ändern. Eben gerade.«

Gewohnt ignorant gegenüber sachdienlichen Hinweisen, ging Sabine Kunz darauf gar nicht ein. »Und wo gehts hin?«, fragte sie unbekümmert die beiden Insulaner.

»Mallorca«, antwortete Ute. »Ein kleines Häuschen kaufen.«

Die gesammelte Mannschaft hielt die Luft an, bis sich Klaus Klausen die Hand vor den Mund hob und hineingrunzte. Dann zog er das Testament aus seiner Hosentasche und drückte es Frank in die Hand. »Hier, Agathes Siegerblättchen. Ein Andenken für die ganze Familie!«

Frank hielt den Zettel unschlüssig in der Hand.

»Musst jetzt vorlesen«, drängelte Ute freudig erregt.

Er faltete den Zettel auseinander und las: »Testament. Die nächste Geburtstagsparty steigt auf Mallorca. Alle sind herzlich eingeladen, denn: Nichts ist beglückender, als die Leute um sich zu haben, die man den Rest seines Lebens ärgern kann. In Liebe, Eure Agathe. P.S. Brigitte darf auch mit!«

Nun, jede Familie hat ihre eigene Art, Liebe zu verpacken, und die Art der Familie Christiansen bestand darin, sich hin und wieder mal ein Mordsgeschenk zu machen.

Konny und Kriemhild, beide über sechzig, führen nicht sonderlich erfolgreich eine Pension in der Provinz. Eines Tages wird die Idylle durch einen Mord gestört – und die Schwestern entpuppen sich als wahre Meisterdetektivinnen …

In die Beschaulichkeit der Bed-&-Breakfast-Pension der Schwestern Konny und Kriemhild platzt eine Band junger Musiker, die den Haushalt ordentlich auf den Kopf stellt – bis einer von ihnen tot aufgefunden wird.
Hat der Gärtner den Gast versehentlich mit seinem Aufsitzrasenmäher umgefahren? War es wirklich ein Unfall? Oder nicht doch Mord? Kurzentschlossen nehmen die Schwestern die Ermittlungen selbst in die Hand – ihr Haus, ihre Regeln.
All das vor den Augen eines zufällig anwesenden Hotelkritikers. Und der Pensionskatze: dem unsäglich hässlichen Sphynx-Kater Amenhotep. Das Chaos ist perfekt!

Tatjana Kruse, Der Gärtner war's nicht! – Die K&K-Schwestern ermitteln. insel taschenbuch 4565. 316 Seiten

NF 401/1/6.18

Piraten, Meerjungfrauen und ein Schatz – Konny und Kriemhild auf einem Roadtrip in ein maritimes Abenteuer, bei dem Blut und Lachtränen fließen …

Drei Fremde schlagen die Pension von Konny und Kriemhild kurz und klein und verlangen von den beiden Schwestern, ihnen die Millionen auszuhändigen, die der Kommodore, Kriemhilds verstorbener Kapitänsgatte, ihnen schulde. Hat der Kommodore tatsächlich illegal einen antiken Schatz gehoben, seine Crew übers Ohr gehauen, den Schatz zu Geld gemacht und irgendwo gebunkert?
Auf der Suche nach der Wahrheit begeben sich Konny und Kriemhild – mit dem Kommodore im Handstaubsauger und Nacktkater Amenhotep in der Transportbox – auf einen Roadtrip in den hohen Norden. Dabei bekommen es die Frauen aus der Provinz mit knallharten Rockern, Hardcore-Kiffern, Hehlern und einer Frau zu tun, die behauptet, die Geliebte des Kommodore gewesen zu sein. Eine Achterbahnfahrt der Emotionen für die Schwestern und ein großes Vergnügen für die Leserinnen und Leser …

Tatjana Kruse, Meerjungfrauen morden besser – Die K&K-Schwestern ermitteln. insel taschenbuch 4655. 320 Seiten.

NF 395/1/4.18

Mit Charme, Chuzpe … und einer Beretta

Glamourös, klug und unabhängig, eine moderne Frau und eine gewitzte Detektivin – das ist Phryne Fisher. Die wohlhabende englische Aristokratin lässt sich in den wilden 1920er Jahren in Melbourne nieder und lebt mit ihren beiden Adoptivtöchtern in St. Kilda, wo sie ihr Single-Dasein in vollen Zügen genießt – und nebenbei einen Mordfall nach dem anderen löst. Nicht immer zur Freude der örtlichen Polizei.

Das kleine Städtchen St. Kilda steht kopf: Der Zirkus ist in der Stadt, und in wenigen Tagen wird die große Blumenparade stattfinden. Und natürlich wird die allseits beliebte Phryne Fisher die »Queen of Flowers« sein. Mitten in den turbulenten Vorbereitungen wird plötzlich eines der Blumenmädchen halbtot am Strand aufgefunden, kurz darauf ist auch Phrynes Adoptivtochter Ruth wie vom Erdboden verschluckt.

Nun ist Phryne Fishers Spürsinn gefragt. Unerschrocken, mit Charme und Chuzpe ermittelt sie zwischen Tee und Tango, unter Puppenspielern und Halunken und schreckt weder vor ehemaligen Liebhabern noch vor Elefanten zurück …

Kerry Greenwood, Tod am Strand. Miss Fishers mysteriöse Mordfälle. Aus dem australischen Englisch von Regina Rawlinson. insel taschenbuch 4705. 361 Seiten.

NF 478/1/3.19